梦游书

简媜 著

图书在版编目（CIP）数据

梦游书 / 简媜著. -- 南京：江苏凤凰文艺出版社，2025.6. -- ISBN 978-7-5594-9542-6

Ⅰ. I267

中国国家版本馆CIP数据核字第2025MX3333号

著作权合同登记号：10-2025-5

本著作物经北京时代墨客文化传媒有限公司代理，由作者简媜授权在中国大陆独家出版、发行中文简体字版。

梦游书

简　媜　著

责任编辑	项雷达
总 策 划	刘　平
图书策划	王慧敏　大　仙
营销支持	卢　琛
封面设计	所以设计馆
责任印制	杨　丹
出版发行	江苏凤凰文艺出版社
	南京市中央路165号，邮编：210009
网　　址	http://www.jswenyi.com
印　　刷	北京中科印刷有限公司
开　　本	787毫米×1092毫米　1/32
印　　张	6
字　　数	110千字
版　　次	2025年6月第1版
印　　次	2025年6月第1次印刷
书　　号	ISBN 978-7-5594-9542-6
定　　价	58.00元

江苏凤凰文艺版图书凡印刷、装订错误，可向出版社调换，联系电话025-83280257

让现实的归现实

梦境的归我

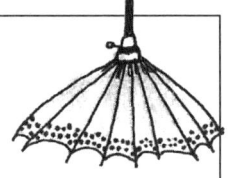

燈罩上的風景：
蝴蝶被吹走了，
傘沿的墨點卻吹不掉，
當作燈的痣吧！

序
雨夜赋

世界在你掌中，你在谁掌上？

深坑雨夜，嗅不到人味。却仿佛有人在外头唏嘘，从冬季第一场冷雨开始，每晚倚着巷子灯杆，朝我的书房吹气。迟归的车拐弯，溅了洼，他还是干的。就这样养成旧习惯，飘雨的夜，我坐在书房，他站在老地方，偶尔目遇，好像一个在看上辈子，一个看下辈子。现在，从敞开的落地玻璃门飘来他吞吐的寒息，吹动油纸灯罩上手绘的一朵蓝玫瑰、一朵红玫瑰、一朵黄玫瑰。我已盘坐半个时辰，静静看他吹弄着灯，终于听到落花声了。花瓣落在素净的桌布上，缓缓流血，一摊蓝的，一摊红的，一摊黄的，溶在一块儿变成黑烟。灯罩的枝丫上只剩两只小凤蝶，一蓝一红，定过亲似的，平日栖息甚远，被他逗弄，惊活了，扑落蝶粉，从我眼前飞走，于书房半空回舞。也许，我应该起身去关门，阻止书房变成半部《聊斋》。

但这样的时刻非常妖娆,他不算善意也不恶,我不算允许也不拒绝,无须为挣扎而挣扎,目的而目的。他从另一个时空慢慢渗透进来,我所在的凝固时空慢慢被解冻:记忆冲淡、事件消隐、心绪缥缈。仿佛庞大的过往是别人的包袱,替她看管而已,活着也是她的职务,暂时代班而已。我只是一个虚构人物,因包袱需要背负,职位应该填空,才被虚构出来把日子往下过。所以,看起来像一个有血有肉的真人,聚会于上国衣冠座中,穿梭于城都烟云里。人们以贵宾的礼数款待,我渐渐自以为真,却总在星夜的归途中,确定无人跟随了,走回荒原上的鬼瓮。把新识的名字叠手帕一样叠得齐整,放进她的五斗柜,至于褪色的帕子,送给野外的饿狼当饼干;新谈的语句,收入珠宝盒,至于锈了的赝品,丢给夏蛙当润喉的糖吧!保持一种早已过时的洁癖传统,等待她回来取包裹时,每一件都光鲜亮丽。那袭华服总是挂在树钩,浮出活人身体才有的温雾,而回复虚构的我,六伏天也结冰。月光替古瓮上了银釉,我把它睡黑,然后聆听时间穿着邪门的靴子,在瓮壁踢踏金属步。一天收工了,一年收工了,一桩故事收工了。

这也是终于不去关门的原因,在外头唏嘘的人因被我虚构而成真,我被造化虚构而成真,两个青梅竹马。如果不是他不知节制地吹扬稿纸,我愿意在逐渐恢复荒域的时空旅途,用丽鬼的舌头向他叙述雨夜的妩媚。纸张在地板上滑行的声音针灸我的耳，才想到应该写下几个字，铅块一样增加纸的重量。毕竟，作为一个虚构的活人，只剩这件事动了真感情。

"又是一本出轨的集子！"写下这几个字，显然不够重，"不喜欢不受控制的稿纸！"纸角还在拍飞。我想起有一叠命名为"梦游书"的旧稿，也许可以挖到铅块，遂抱出来摊在地上。恐怕是吮了数年的雨，有些字长出霉芽儿了，舀一舀，够一碗汤。说来可悯，看过去的稿子像在偷阅陌生人的密件，不相信写过那些，可见创作活动里隐含职业性死亡。这也是时间最血腥的刀法，把人按在砧板上，切葱似的大切八段，哪一段喊痛再切八段，直到你习惯了死亡。

收了旧脚印，勉勉强强掰出几块铅屑，镇压了雨夜的唏嘘。

这是一本天外飞来的散文集。除了《水问》《只缘身在此山中》《月娘照眠床》循着预定的计谋行进，既完成它们单独的主旨又往前推动另一阶段的思索，以期终有一天，这些集子共同完成一个密闭系统。一九八七年，《月娘照眠床》出版后，原应着手此一系统的第四本书，却陷入泥淖里。一方面找不到新声音，已娴熟的技巧显然不能负荷新题材；另一方面，对生命的所思无法高拔，因而不能给自己一套道理去建构书的内涵，以期承续前书、伏笔来者。思想贫瘠比技巧软弱更难堪。

散文这种文体，固然具备宽阔的腹地，去引进其他文体之所长，但也有先天局限。就单纯的时空、事件人物、情感哲理而言，相对于复杂度较高的文体，更能做精致、深潜的描写，但就承受思想体系而言，显出难度，以致单篇收拢成书，常有拆散七宝楼阁之感。这不是"散文"的错，从另一角度看，其实并不存在清楚明白的规矩叫"散文"，只在与其他文体并列时才出现相对性的存在"散文"（更多时候，这两个字统称了不能纳入其他文体的文章）。这意味着作者可以在"散文"的大名号下自行决定他所要的面目。在如此自由的气氛下，若还有散乱七宝之感，则是作者的问题了。

我所要的面目，早不以单篇经营为满足。这也牵涉现今以消费倾向为主流的媒体走势，过多的计划性编辑策略或篇幅设定促使作者偏离自己的工程投入零卖市场，就算是依既定理路而行的单篇原创，也因刊载问题，终究有见树不见林之感。这使我把媒体发表视为预告而已，转而要求一本书才是基础归宿。于是，作者显然必须赋予这本书完整的解释了。而纵观整个文学生命，每本书若是一颗星子，它们要共同完成的星系是什么？这已脱离单篇、单书范围逼视整体思想了。人可以憧憬成熟，无法在一夕之间成熟。我对散文有一个梦，却陷入所预设的困境里，梦愈大，渊谷愈深。然而，不管还要陷溺多少年，耗费多少气力，我愿意等下去。如果，一辈子能等到一个梦，这被虚构的人生才算拥抱了唯一的真实。

本书分"都会边界""深坑老街""忧郁对话""梦游书"四条理路整编，稍微看到一个都会的边缘人，记诵歌词却找不到乡曲的人，走入群体无法交谈的人，终于回归内在作茧的人，多年来在四处荡秋千的姿态。我不忌讳承认，自己是个住世却无法入世、身在闹纷纷现实世界心在独活寂地的人。不必细述这条路如何通过矛盾、冲突等必经阶段而成形，对我而言，当发现现实世界的履历反而壮大了寂地面积这个事实后，已经清楚明白自己的户籍所在地了。从寂地往外看，似乎只剩下去确认作为一个人，对现实世界必须负起哪些责任——责任是为了感激，而源于感激的任何行动，其实，已经不存在能从现实世界"得到"什么的念头了。事情变得简单起来，我愿意在回到现实世界时，不断表达对于"生"的敬重，实践对"美"的向往，因为，从寂地出门时，我信仰了"灭"。这本书，可以说是从现实世界出走后，尚未落籍寂地之前的驿程记录了。

世界在你梦中，你在谁梦里？

寒雨的子夜，你用来回忆还是遗忘？你厚了，或更薄？订明日的盛宴还是向昨日赋别？

一九九一年早春，于深坑

二〇二一年修

目录

都会边界

台北小脸盆　　　　　003
发烧夜　　　　　　　008
榕树的早晨　　　　　016
仇树　　　　　　　　021
砌墙派　　　　　　　025
赖公　　　　　　　　029
水昆兄　　　　　　　032
上班族之梦　　　　　034
疑心病者　　　　　　036
魔女的厨房　　　　　040
女作家的爱情观　　　042
一只等人的猴子　　　045
叫卖声　　　　　　　047

粉圆女人	050
一枚煮熟的蛋	052

深坑老街

马桶树	057
上殿	059
水姜哀歌	062
落葵	064
白雪茶树	067
吠鞋	072
野地的雪茄花	076
空屋	079
冬日出草	085
牧神的便条纸	088

忧郁对话

忧郁对话	095
一次演讲	097
传真一只蟑螂	099
苦闷文件	103
处方笺	106
寂寞像一只蚊子	108
背起一只黑猫	115
寂寞的冰箱	121
青苔巷	129
鹿回头	138

梦游书

图腾　　　　　155
破灭与完成　　157
半夜听经　　　161
梦游书　　　　163
掌灯刻骨　　　170

自修小记　　　　　　　　175

都会边界

只不過在牠身上種幾朵花，牠就自以為是鳳凰。

台 北 小 脸 盆

我到台北正好满十五年,其间大搬家十五回,局部播迁二十多次,在一个地址居住最久的不超过四年。搬来搬去,没离开台北这个小脸盆,只不过杠掉一个个住址,像一只骚动的小鸟进行它的内部流浪。

不挑剔地说,我颇喜爱台北,但严格地审视,我到现在还在努力适应台北。

如果有人像我一般,在生命最活泼的前十五年完整地生长在与世无争的平原乡村,听天空与自然的密语,窥视山峦与云雾的偷情,熟悉稻原与土地的缱绻,参与海洋与沙岸的幽会,牢记民俗与节庆的仪礼,也学会以叔伯兄嫂一路喊遍全村每一个人。那么,没有理由在往后岁月寻求另一处地方当作原乡。贫穷却娟秀的小村赋予我生命的第一度肯定,潜育我的性情、人格与尊严,启蒙我去追求美、爱。

尤其爱,一群有爱的朴素农夫共同使秀丽小村变得雄壮,让他们的子弟从小看不到刀光血影的厮杀、狰狞的仇恨或恶意背叛、奸佞的陷害，只学会一种和平的善意，包容生活中的灾难，也具备一股原始冲动，去接近爱、给予爱。最大的爱产生最大的美，最大的美发动最虔诚的依归。小村教会我这些，使得无论流徙到何种穷山恶水，都能尊贵地活得像自己。

十五年前，来台北的第一天就迷路了，这确是不祥的预兆。当时一个人提着两袋初中课本准备次日参加高中联考，日暮黄昏，在复兴南路附近走来走去，亲戚家的巷弄门牌老是找不到（我还没学会打公用电话），最后干脆问路往金华初中试场走。我憨直地认为到学校找间教室睡一晚，天亮爬起来考试，一切解决了。就在再兴小学附近，一个骑单车、穿制服的外省老先生拦着问："你是不是姓简？"我吓坏了，否认。"你从宜兰上来考高中对不对？"我点头如捣蒜。他的表情如抓到小匪谍般高兴，原来是亲戚发动左邻右舍及大厦警卫全力"缉捕"我。她向他们形容：瘦瘦小小、笨笨呆呆的乡下初中毕业生就是她！

由于极度低能，城市生活是我高中课程外的黑狱。亲戚住电梯大厦五楼，我却会"晕电梯"，下楼买豆花，才拐几个弯，迷路了，端着一碗豆花不知怎么办。忘记随手关门或缺乏钥匙意识，害亲戚常常喊锁匠。每天坐车三小时往返新北投念书（如果没坐错车的话），她在我的书包放一包塑料袋、白花油、毛巾，郑重警告："你觉得要吐了，就赶快下车！"每趟车至少发作两回，青白着一张脸赶到教室已第一堂课。亲戚看我天天像垂死病人，建议休学重考。我问："有不用坐车可到达的学校吗？"她答："台北没有，除非回乡下。"年少自尊心强，不闯出名堂绝不返乡。痛下决心跟台北汽油味拼了。书包、口袋放的不是少女最爱的胭脂水粉，是晕车药、万金油、白花油、绿油精、保心安油、酸梅、撒隆巴斯[1]，活像个西药房，如此抹油、呕吐一年半，有一天，忽然不晕了。

台北仍是异乡。无论如何努力仍被当作乡下土团，渴望有一个朋友，却总在名单之外。我相信不是故意，只是存在于彼此之间的差异太根深蒂固，以致无法交融。我活得孤单，沉默得像一块铁，失去快乐的能力。仿佛过去的桃源小村是一场梦，眼前的鸽笼铁壁才是真的；那群亲切的村妇渔郎是梦中人，城市的冷脸才是本貌。我在原该欢乐的年纪早熟起来，那是躲入稿纸以后的事。常常虚构不同的人物，在稿纸上排山倒海地向他（或她）倾诉。稿纸活了，我也活了。有时我们跟随文字到无人的海边开始对话；有时攀越高峰，在温暖的小山洞里闲聊……我不知道这就是想象之翱翔、写作的发轫，只知道它使我省略去寻一个愿意聆听我、我愿意恳谈的现实人物，也避免搭乘令我作呕的车行去找寻一处美好

---

1 药名，可缓解肌肉疲劳、关节不适及软组织损伤。（编者注）

的情境。想象解决现实困厄，阻止无枝可栖的少年坠入偏执的怨恨情结。文字书写隐含一种距离，在情感倾诉之后，反过来引导自己去透视事件的虚实，省思人我隔阂的因由，进而宽宥产生隔膜的城乡渊源。由宣泄而沉思而宏观而回到善良的本性去谅解，我遂愿意以更大的诚恳接近城市、关怀城市人。这是重要的一课，使敏感多思的我不至于变成人格扭曲的城市客，也意外地，把我逼成作家。

从作家眼光观察台北，是我继续留下来的原因之一。小小的脸盆，莫名其妙背上一个附带历史使命的包袱，拥入各地来的移民或流浪客：三四十年代的山东人、四川人、湖南人等政治性移民；五六十年代的台南人、屏东人、宜兰人、花莲人、雅美人、布农人等经济性岛内移民；七十年代的菲律宾人、印尼人等兼具政经因素的跨地移民。这些人带着特殊的文化根性来到台北城，原先不打算落籍，却又不小心繁衍出第二代、第三代。由于脸盆太小，这些人及子裔很容易借由通婚、经济活动无形中搅和一起，不断翻出台北的新面目，其速度之快，连定居台北的人若三个月不出门，一样迷路。台北因着她的特殊命运，展现了迷人的戏剧性格。有戏的地方，就是作者最爱的地方。

就个人的生活圈而言，我显然已适应类似：中午在娘家公寓参加民俗节日大拜拜，下午到国际级的观光饭店啜饮欧式咖啡；晚上在圆环老招牌的路边摊吃肉羹米粉；购买大陆来的天津栗子、西瓜霜；称一斤南投土产的冻顶乌龙；选几个加州蜜李、日本大苹果或热带榴莲；买纯山东手艺的大馒头，夹港式腊肉当消夜。回家看NHK小耳朵，独酌苏联伏特加。我习惯了萍水相逢。

台北打破四季，模糊边界，兼蓄最草根的古典与最前卫的现代。勇于善变，拙于处理变化所带来的灾难，终于出现独树一帜的台北逻辑：以变治乱，用变动解决旧问题，新的问题则用更新的变法，所以，看起来没问题了。

半是乡下人，半是台北人。也许我将逐渐往回乡的路迁徙，但确定忘不了台北这个魔术小脸盆，她收留我的绿色少年，允许我把梦打造成黄金，至少，小脸盆内留下十五处我蜕变的烙印，并且有继续增加的可能。

发表于一九九一年元月

发 烧 夜

夜是一只喷火游龙，尤其在台北。

如果仍然信仰中世纪的浪漫，坚持每一个早春之夜应该这样开始：沐浴之后，你独自端着咖啡走进书房，推开两扇玻璃窗，回到柔软的沙发上松松地坐着，啜饮咖啡，继续把一本小说的最后一章看完；这时，窗台上，一只夜莺飞来约会，为你吟唱小夜曲，晚风吹拂蕾丝窗帘，一钩早月被夜莺之歌召唤而来，停泊在你的眼底；你走到窗前，栀子花香像烟一样缭绕着密林，你看到林子之后，有一条闪烁的琉璃河，那是星子在人间的倒影；你感到幸福像衣上纽扣易于掌握，忍不住展开双臂，善解人意的夜莺跳上你的肩头，你决定像一只蛾扑向琉璃灯火，因为春夜的重量叫你无法承受……

如果有人的夜是这样的，非常确定不是台北市民，因为晚餐之后，台北人不会开窗，夜莺早已加入摇滚乐团，在马路上吼着"让我一次爱个够"！至于栀子花香，那是某种品牌的室内芳香剂，永远不要苛求晚风，除了糖炒栗子、烤香肠，它交往的对象是汽机车的排烟量。当然，也不必千里迢迢飞蛾扑火，夜市就在家门口。台北的夜已经淹进来了，当你与友人正在电话谈心，不难听到对方那儿穿插"跳楼大拍卖"的喇叭声，而他也听得到你这儿"三斤一百块，要买要快"的行情。永远不要在台北的夜间写情书，你会不小心写下"血本无归，买一送一"这等断送前程的句子。你应该带她逛夜市，训练"把握良机"以及"大抢购"。

虽不是野战突击，逛夜市的装备也不能忽略。首先，请把那一套优雅高贵、彬彬有礼的生活美学脱下来，你应该裸裎一点、野兽一点，才符合夜市的丛林生态；记得多带些钞票，且要有视钱如粪土的决心；你最好衣着轻便，腰系霹雳包，足蹬凉鞋；如果找人同逛，千万别找人格修养太高、趣味不相投之辈，他只会压抑你的冲动，最好独行，学习做一只饿狠了的秃鹰，啄食夜市这块肥肉。

公馆、士林、万华、四平街、通化街、沅陵街、饶河街、顶好大商圈、信义路、仁爱路……每一个行政区都能找到夜市，比派出所好找。晚间六点左右各区的夜市闹钟响起，一辆辆载卡多、好马七四七、裕隆、喜美小轿车停靠路旁。"借过！借过！"等公交车的先生小姐乖乖让出方块砖，只见一两条人影迅速铺摊、甩下货物、架起灯杆，任何军事训练养不出这等魔鬼身手。夜市自有一套江湖秩序，哪几块红砖是谁家地盘清清楚楚，想分一杯羹的零星散户很难插足，遂形成另一批候鸟，在江湖的夹缝中生存。当然，也不乏家族连锁经营的，爸爸在士林喊着，妈妈在公馆蹲着，儿子在顶好叫着，三部合唱把银子唱进来。作为百货公司的孪生兄弟，无店面的夜市显然比前者更善于体察民生，每一条夜市大多能掌握该区流动人口、年龄层及购买兴趣、消费能力，仿佛事先做过民意调查、偷数过他们的荷包。一个老谋深算的夜市贩子，绝对不会在忠孝东路摆锅碗瓢盆，更不会在公馆卖蛇胆、壮阳药；东区已经非常雅痞了，而公馆的少女比较喜欢卤鸡脚鸭肫，或水煮苞谷，还要刷两下盐汁。

跑单帮的，扛回中国香港、日本、韩国或欧洲的时兴货；尼泊尔风流行时，半条街的女人拥有印度丝巾、泰国蜡染及尼泊尔银饰。这批单帮客专跑时髦女人荷包，用航空机票教她们走在时代尖端，未婚的上班女性出手阔绰，值得一跑再跑。大陆大切货的，抓得到家庭主妇的心，物美价廉符合理财哲学。奇怪的是，女人没结婚时，为了赶搭时髦列车，捧银子砸水沟，眉头皱也不皱；结了婚，三条棉纱抹布她也发誓掐头去尾，抠得夜市贩子遍体鳞伤，可见女人的螯刺是婚后才长出来的。两岸还没谈拢，苏州竹筷老早跟咱们的大同瓷碗在老百姓家吃统一饭了，台湾啤酒与五粮液同桌，饭后，泡泡君山茶，就用宜兴紫砂壶或万寿无疆米粒烧茶具组。大陆货化整为零跟着探亲团回来或海上仙岛"龟山夜市"大批发,总之,不需要填写什么放弃身份证明之类的,所以抓不胜抓。如果你在群众运动中头破血流,就用云南白药;若是为民喉舌或倡导政策以致协商太久坏了嗓门儿,喷点西瓜霜吧,虽是大陆货,它只认喉咙不管党派;要是扭打过于缠绵伤了筋骨,推推正骨水再贴片麝香虎骨膏。(但不能撩给记者们照相,免得为大陆宣传!)大陆药的优点是说明言简意赅,瞧瞧这个:"化痰祛风,镇惊安神,头目眩晕,痰涎壅盛,神志昏乱,言语不清。"像我这种古文底子深厚的人念起来跟《尚书》《诗经》差不多。反正,中国人就是这些病嘛,还不都是这儿酸那儿疼的,咱们老百姓早就在夜市里"哥俩好啊一对宝"了。

所以,灯泡亮了,摊位云集,人头攒动,街道短巷摇身变成嘶吼流行歌的都市游龙。我们开始摩拳擦掌、交融汗水,拍卖台北的今夜。

你不妨先来一盘炒米粉、贡丸汤填满肚子(看这里啦!看这里啦!看得到便宜得到!),再吞一碗柠檬爱玉、吸几口小麦草汁降降火气(老板跑路啦!通通一百五啦!)。你精神亢奋、脚力生猛(又包了,谢谢啦!)往人多的地方挤(看破红尘欲转来饲猪,出价就卖啦!),朝惨痛叫卖的货摊去(要买要快!要买要快!),你千万别被吹哨子、敲脸盆、搬凳子插在路中央手执扩音喇叭像赶僵尸一样的喊卖伎俩煽得欲火焚身,他们个个是身怀绝技的夜市乩童,能把死人叫活。你最好先快速浏览今晚货色，从内衣到微波炉专用盘、POISON香水到捕蚊灯、衣饰到指甲油、马桶免你洗到探亲手表打火机、猪哥亮大爆笑到帕瓦罗蒂……凡中意的，先问价存底，货比三家兼瞧瞧卖方功力，这是夜市相人术，魔道交锋前，一眼便知可杀不可杀。第二回合，你只管到选中的摊子，揪出你要的货，千万别东摸西摸，让他看准你心里爱不释手，你应该摆张扑克脸，一副可要可不要的脸色。他必定鼓动弹簧舌说这是百货公司专柜货，你让他讲下去，忽然亮刀："五百我买，一句话！"他必定大喊冤枉毫无利润要你加个价，你随机应变添个小尾巴或毫无商量余地作转头要走姿态，他会喊你，说好啦好啦，交个朋友吧，卖给你，往后有需要记得再来。夜市的人际关系全靠一张嘴巴，我不一定来你不一定在。

前面这招"单刀破瓜"适合高级品，"先减再除去尾巴"则适用民生杂货。摊子上琳琅满目，你挑中五六样，每项单价先去尾数，相加后自行打折，再掐掉尾巴，通常可以蒙混过关，这招纯粹比心算功夫，对方一看数量多，不留神就让你连三杀。

但是碰上特殊品，则不仅端出石磨功，还要来一场谍对谍。相中一盆约二十龄五彩榆树盆景，高崖悬瀑姿态，搁在人烟脚下，确实委屈树魂。卖树人生意清淡，坐在小板凳上支棱着脑袋看别摊子黑压压背影，他大概幻想要是有三两只秃鹰上他这儿啄啄该多美！我虽非内行，草树盆栽也算涉猎甚久，他的货抵什么价钱心里有数。如此漫天聊开，言谈契合，摸清脾气路数。两盆五彩榆，原价各四千，磨到两千五，我说天也晚了，下回再来选树；他端出其中一盆，搁在路边摩托车后座，叫我再多看几眼，我说美是很美啦不过身上钱不够；他的舌头软得跟泡泡糖一样："那，你有多少嘛！""两千。"（我心里虚得很，杀千刀的，这价钱削肉见骨喽！）他很为难，皱着眉头闷闷地想一想："好吧好吧！"赶紧收拾仿佛不愿多想，我说："慢着，我要那盆悬崖式的！"他颇吃惊，辩着："这盆好啦！"我与他对看三秒钟，各怀鬼胎，干脆抽丝剥茧说个破："你故意搬丑的跟我谈价嘛！我要漂亮的才成！"他承认有意卖此无意售彼，起初报同样价钱已经有点后悔了，又想做成生意，所以去车保帅。他瞅着悬崖榆，似乎不忍割舍，又摸出花剪替它修了修，盆景养久，难免动真情。这性情流露的一面已经击中我的要害了——所有砍杀伎俩只在硬碰硬时下得了手，凡实心人、木讷寡言或赚外快的学生，别说不忍杀价，照顾生意兼三两句替他敲边鼓招买主。总归是红尘中的兵卒，虽然买卖是杀戮战，但关刀只往大数目砍，留点小体贴也不枉夜市相逢一场。他终于保持两千出让悬崖榆，对方交心我也缴械，毫不议价多买几样作为补偿，当下气氛欢喜，临走，他忽然冒出一句："你还没结婚！"我愣了："你怎么看的？"他非常认真地说："你太会挑了啦！"

两人会心而笑，他又指着另一盆福建茶问我要不要顺便带，我也很认真地说："没问题，等我结婚后，叫我先生来买！"

如果都会夜市属龙，郊区的当然属蛇。

每周两集，晚餐时刻，小喇叭车绕巷而行，宣告今晚的夜市有"特色"——歌舞团的。杂货质量比不上都市，唯独清凉歌舞限制级——九点半以后——叫人瞠目结舌。这些加料的表演，通常在空地搭个大布幕兼作更衣、休息室，卡拉OK伴唱机是唯一道具，男女主持人都已满面风尘、人老珠黄，台词当然荤腥不堪，仿佛人生除了猪肉就是牛肉。他们以低胸高衩旗袍作招徕，为各位乡亲演唱一首《无言的结局》，爆炸头、胭脂脸、发胖的身躯，就在石砾空地上踩着三寸高跟鞋用破嗓门叫完结局。小孩、少年、男人围得昏天黑地，不乏猴急的民众喊："脱！"男主持人稳场子，说一定会脱的啦，但现在我们先卖药，接着揪出一条大蟒蛇盘在肩头上。

通常在这时候，我会像铩羽的斗鸡快速走过郊区，不管从都会夜市带回多少战利品，胜战的滋味挡不住深沉失望。过了桥，歌舞声像一只空瓶没入河中发出的嘟囔声，在星夜里，很快被蛙鼓、溪唱取代了。我坐在小桥石栏上，面对溪水及稍远的半壁山峦完全安静下来。峦坳处有座野墓，时常发出奇异的蓝色光点——夜钓者的光或传说中的鬼火？晚风像恋人的手为我拂去尘垢，我渐渐遗忘在夜市征伐的一切记忆，也不愿想起石砾地旁邪笑的孩童的脸。月光洒在溪面上，为何能发出蛙声？蛙鼓为何能将我凝固成石雕，仿佛在小桥上坐了一整夜！

忽然明白，晚间六点以后，"半个我"像秃鹰一样飞到都会夜市啄食肉屑；另外一半向往中世纪的浪漫春夜，轻灵的夜莺栖在肩头，一起坐在石桥上观赏夜色，并且等待疲惫的"半个我"回来，合成一体。所以，有一种声音不断在心底回荡，说蓝光的确在今晚出现，那才是琉璃灯火，不灭之夜。

发表于一九九一年五月

榕 树 的 早 晨

早晨的仁爱路四段,已经被车辆及行人分割得体无完肤。照说,台风才刚走,又是大清早,断枝落叶的行道树所勾勒的街景,应该带点沧桑味儿,再踱来几条踟躇的人影,一面啃油条烧饼或饭团什么的,比较像台风扫荡过的人生。可是,眼前的景色却不是这样,断树、倒地的摩托车固然保留了昨天的强风,光鲜亮丽的上班族群却一个比一个匆促,好像风雨不曾来过,昨天的事儿谁还记得?

有时,台北的活力令我心悸,不带感情的一种决断性格,昨天才发生的事儿,到了天亮,仿佛上辈子那么远。生活里少了余韵,永远必须横冲直撞,一路甩包袱。这种没有包袱的都会生活,固然冲得更猛,却无形之间,使每日的生活变得零碎、切割。今日不负担昨日留下的余韵,明日也不储存今日的记忆。赶鸭子逃难似的,脖子想往后扭,脚丫子仍然向前。

像我这样晃晃荡荡在繁华的大街上,一定很怪异吧。他们不知道我闲晃的道理，正如我不明白他们拔腿过马路的狠劲儿。我站在穿越道口，拿不定主意往对边蹽——那儿有家"圣玛莉"，出炉的面包可以稍微安抚空胃；还是往下走，"九如"或许有些咸汤吧。迟疑之间，已经送走两批过马路的，有人瞄我一眼，机械式地，不难从一瞥眼光读出他的问号：大清早的，站在穿越口，不过马路，又不叫车，等什么？在台北，迟疑是很怪异的，目的性不明显的行动好像碍了别人的脚程。

我应该上银行的，上一个约结束得太早，空出半个钟头等银行开门。深谙台北生活体系的人都知道，如果出外赴数个约，最好事先算准约会时间及交通距离，以便紧密联系每个约会不浪费分毫时间。所以，常常听到这种话："我只能坐二十分钟，待会儿还有一个约！"意味着公事、私情都得在二十分钟内谈完。有人特地佩戴闹铃手表，嘀嘀咕咕地像个孔武有力的保镖，时间一到，把主人绑架了。刚端来的热咖啡才啜一口，对方已不见人影，烟仍然傻傻地浮升，精致的瓷杯尚不清楚刚才的唇是男是女。

我也学乖了，出门前清出一张纸条：七点三十分"芳邻"早餐约→九点银行甲存、活储、票据代收→十点购礼物→十点半，找家幽静的咖啡店校书稿，回这周的信件→十一点二十分邮局领汇票、大宗挂号→十一点四十分"富瑶"一楼，礼物交给F，书稿交给打字行小弟→十二点"富瑶"二楼，文学奖评审午餐会，顺便把新书给W，与C洽电台访问事→两点半，去看电影或倦鸟归巢。我应该上银行的，现在。空出来的半个钟头，前不着村后不着店，分外漫长。今天的行程，昨晚已全部规划好，脑海中的仁爱路、忠孝东路地图已布了点，我只要一站站地报到，把东西交出去就行了。但，总有些不能掌握的时间，变长或缩水，使依赖一张设计过的时刻表的我，不知所措。

在这个空隙，容易感到人生的无奈。回想都会生活紧紧擒住了原该闲适安逸的生命，不免浑身迷惘。本来行到水穷处，应该坐看云起时的，空下的时间却不够闲坐，只够孤魂野鬼似的晃悠。

落单的经验多了，我又学会另一种乖。随着路线行进，憨憨地找个地方晃。有时是古玩艺品店，进去摸几块玉、几方印石，跟老板扯点儿天南地北的话，若言语生味，对方延入小室奉茶详聊，马上敬谢告辞，取张名片后会有期。一叠稀奇古怪的名片就是这么来的，不乏"旗袍定做""水族馆设计""都彭调音"之类，一辈子用不着的片子。

换一种心境，体贴大都会的浮世，有时也会获得意外的惊喜。渐渐，能在瞬息万变的台北大街，捡到一点点生活的余韵。既然，时刻表不能不带，行进之间的心情，总可以自己换季吧！

我放弃"圣玛莉""九如"的早点，提一只大皮包，开始半个钟点的晃荡。就在宏恩医院门口站住了——我本想进去逛逛，看一大早病来病去的脸，又担心最近身子较虚，禁不住空气中药味的熏，作罢了。一旁有辆老式脚踏车，后座载了个木框，里头十来盆榕树盆景，吸住我的眼光。没看到卖树人，扯喉咙喊了，没人应。医院里走来一个壮硕的白发老头，我以为是抓完药的病号，没搭理，他却呵笑着："买树呀！自己种的自己种的啦！"浓厚的闽南音，硬硬朗朗的庄稼味儿。我心内发噱，若刚才我进去逛，与他照面，出来又与他买卖，不成了一老一小两个无聊人吗？"大伯公哪，"我用家乡的敬称说，"你去看医生啊？"他大约太久没碰到陌生小姐用老称呼敬他，马上不见外地说："呒啦，去放尿啦！""好所在哦，做生意，人家厕所替你设好了。"我说。他笑得很开心，好像不卖一棵树，光上大医院的厕所，也值得来一趟的。

老人家话匣子一开，儿子三个、媳妇两个、孙子小学三年级……通通出来见面。他儿子做盆栽批发的，生意有够大，自个儿苗圃一大片，忙得跟"灰"一样（像灰尘，风往哪儿，就往哪儿飞），他在家无聊极了，叫儿子端几盆回家，天气好，他出来蹲卖，儿子很不满意，老叫他在家里享福，干吗拗着脾气出来卖树？"我一天赚的，够你卖一年了。"他学儿子的口吻。

当然不是钱的问题，是在两端时间的空隙里迷惘的事；过去的庄园没了，百年安眠还未到，总不能成天坐摇椅等着。他牵车出来卖小树，意不在树，大约碰到像我这样可以开话匣子的人是最乐的。

"这个种三年的三百算你一百，八年的五百卖三百，十二年的八百算五百就好啦！"

我听得一头雾水。框内的盆景排列参差，搞不清年龄。"慢点慢点，大伯公，一盆一盆来！"我放下大皮包，空出两手，袖子也卷了，把十来盆树搬到地上。"这盆？""一百的！种三年了，三百元。""哦！原价三百，特价一百！""对啦对啦！"我依盆景大小、茂盛状况重新归类，前头一百，中间三百，后面五百，一目了然。

"噫！看你小粒籽（身材娇小），会做生意的！"他颇刮目相看。

"这盆呢？八年的还是十二年的？"那树绿叶茂盛，盘根肥硕，五爪鱼一般咬住泥。比八年的大，又比十二年的小。"随便随便啦！你要的话就算你八年的！"

"好！如果是八年的就公平嘛，若是十二年的，算你送我五年嘛，看我以后会不会像大伯公一样有福气！"

平白多了一棵树，时刻表上没注明的。"你记住，浇水就好，不要给它吃肥，会咸死哦！"他很认真地叮咛。

我往前走，他又喊："三不五时，抱出去晒日头，浇水就好哦！"

我走得有点沉重，好像无意间动了一点真情，说不上来是哪一类的，好像不陪他多说点话，就是狠心的人。

银行已经铁栅大开，原先以为空出半个钟头，现在却缩去二十分钟。也许杠掉选购礼物的项目，取消与F的会面。早晨破了格，却也因为榕树的缘故，多了十二年。

发表于一九九〇年十月

仇 树

人应该与大自然的繁花草树为友,但更多的人拿它们当仇敌,恨一棵大树,如恨一个横刀夺爱的人。

我这么想,或许有人认为过于耽溺在无所谓的琐务里;天下事杂乱如麻,比树更值得担忧的多的是,何必大锅大灶炒豆芽。我虽然部分赞同,总觉得心里不舒坦,如果,人连树都容不下了,连一只鸟雀都不给活,嘴巴上谈的爱,未免自私点了吧!

事情从那片约一亩阔的草地说起,很明显是旧农舍夷平后,尚未建筑高楼大厦而滋生的杂草平坡,尽头连着一脉矮山,虽然不够雄壮,自有它历史性的苍翠。草地年轻,绿得很天真,山峦老迈,绿得圆熟。它们很谦虚地与蓝天白云共同分配空间,形成我眼中的三层起伏。每回经过这里,总要望一望,汲取非人文的景致。我岂不知这样的一眼两眼,既不增添什么也不遗失什么。我岂不知两旁停放的重型机械与富丽堂皇的预售中心，正与草地中央的那棵大树形成危险的三角关系。

那棵树，也许比百岁老人的年龄还长，比酷爱种植水泥楼房的我们更了解土地与天空的恋情。它用主干与支脉架构天与地，形成独具风格的树的思索：它繁殖叶片，数代同堂的叶子如一部绿的美术史；它顺便提供免费住宿，收留流浪的雀鸟、苦命的蝉，或任何一只找不到地方哭泣的毛毛虫。绿，是它的胸襟，不需要签订什么租赁契约了，自然的律则使众生安分地互相追逐以便寻求共生的和谐。它不断抽长新枝丫，自行改建老旧的宅枝，它或许曾在某个寒冷的冬日，因着雀鸟的猝亡流下叶片眼泪；当然，也曾经欢呼一窝乳燕的诞生，加演数场风与叶的奏鸣，这些在春日偶发又在秋夜冷寂的故事，其实，并不阻碍它在夏日结实。它不曾因为过度布施而减低产量，它是一棵龙眼树。

我从不怀疑一棵果树带给人们的欢乐，哪怕早已习惯纸钞与水果的数算。树，有它自己的道理，人们采或不采，珍惜或糟蹋，都无碍于它像一个懂得布施的老人在路旁摆设流水席。最快乐的该是附近的孩子吧！他们成群攀打龙眼，或孤独地在星空下仰望这棵大树的情事，使童年有了支撑。为了孩子，树是有备而来的。虽然昔年涎鼻涕的小童，今日可能搂抱他的幺孙在树荫下摇击拨浪鼓，或成为对面山岗的一冢，树还是树，谛听晚风中逐渐消翳的拨浪鼓声，以及某个吉日清晨的出殡唢呐。人能够多说什么呢？华丽的语汇无法妆点它的神采，苛刻的形容也无损于它的坚强。

忽然有一天，大树倒下了，死于建筑商的命令，我远远看它的叶子由墨绿终于变成枯干的褐黄，这过程大约一个月，有时步行回家，看得详细些，几只麻雀飞飞停停而已！黄昏仍然来了，日子还是很平静。没有人欺负一棵树吧，只是它生错地方，像所有的树一样生错时代。

我不放心的是，人为什么容不下一棵大树？它罪大恶极吗？它将挡住未来社区全部的光线？还是恐惧每年夏天龙眼绽花时居民将遭到蜂瘟？或者，坠落的龙眼粒将砸死树荫下嬉戏的儿童？是什么样的变故使现代人拿自然当作仇敌？遗忘在人的美感经验里，最初的赞叹与感动是自然教给我们的。为什么它拿人当作朋友，而人仇树？

崇拜摩天大楼的人不难找出一千个理由解释何以砍伐一棵大龙眼树，如果人们完全无异议，我必须说这是现代人潜意识里的弑母之欲，自然的确是人的原生之母，叛逆之、凌辱之、处死之才能建立人的权威，那种驾驭宇宙天地、飞禽走兽、花草树木的一家之主的权威。人当然还是购买植物盆栽的，但这些只是用来证明，木瓜树、椰子树、栗子树、木樨树、玉兰树，都是我的奴仆。

砍掉大树盖房子，盖了房子买小树装饰花台，家家户户搞绿化，不知道这是哪一门哲学体系教出的道理？

如果所有的树都被歼灭了,我相信那个世纪的人们必须以眼泪去湿润龟裂的大地,用哭吼谴责上一代人的罪恶;因着他们的魔欲,使后生子孙找不到一棵大树庇荫生命的孤独。

发表于一九八九年十二月

砌 墙 派

像所有的神迹故事一样,我的邻居孙先生莫名其妙发了财,然后胖。

当然,以身材吨位磅称一个人的内涵是相当危险的,像我如此深明大义的人,绝不会在恪守清瘦哲学之外,恣意误读他们身上的肉。我们必须知道,有些人的胖是被陷害的,例如疑心病过重的妻子利用食物扭曲丈夫体型,以防止他身躯过于灵巧在外笑拈桃花。除非,这个人迅速肥了,而且不懂节制地拎着他的五花肉在邻人面前晃动,使我仿佛听到太阳底下炸油条的滋滋声,从他热油锅一般的腹部传来。

为了使以下的陈述不至于带着酸气,我决定非常恭敬地称他"富豪孙"或"奔驰孙"。他显然十分宠爱这两部车,修了个豪华车库,棚檐牵一圈闪闪发光的五彩灯泡,如我们在秀场舞台上看到的那样。我相信车子在这位年逾五十的胖男心中已是女人的变体,用来复健某些不太听话的东西。后来，很不幸，车库被隔壁老兵叫一票工人给轰了，因为侵占地界约三厘米。孙某当然不住这儿，他多得是房子，所以没瞧见英勇战士誓守现代"四行仓库"的激烈场面。

曾有一度，奔驰孙因为资金贫血打算卖掉这栋双并四层楼透天厝，大红板上写"售至尊大户"。我想起平日看的房屋广告，那些自封皇宫、新殿、贵族、甲天下、华城……的霸王，显然比不上"至尊大户"吓破人胆。旧时代的读书人喜欢替居处取名字，再位高权重、满腹经纶，也不敢下这四个字！昔时虚怀若谷的典雅气质，变成今日大擂胸脯唯恐人人不知的世风。我一心想换个邻居，自动充当媒婆，可惜朋友大多身家清白，无福消受"至尊大户"。后来，孙某筋斗翻正了，炒地皮捞了不少，跩得很："我现在不卖，我不缺钱嘛！找人修修，全家搬来住！"

这一修，使我目睹台湾四十年来畸形建筑美学的精彩片段。他把大院子的草皮掀了，竖两道墙，灌一面天花板，齐整地贴了白色瓷砖及二丁挂[1]。原先院内的花台仍旧保留。松柏花树从此活在没有阳光的世界里。二楼多出的部分打算弄成晾衣场，养些盆景或打乒乓球的休闲区，当然晒腊肉也行，若他想做日光浴的话。原先的三楼屋顶花园则隔成两间套房，如此一来，热水器及煤气桶想必得悬在空中，

---

[1] 建筑施工用语，指宽5.5毫米、长23毫米的建筑构件。（编者注）

如吊点滴。台湾建筑最出色的铁窗之美，在他家扩张得淋漓尽致，凡有窗口之处必有铁架，充分显示"自闭倾向"及渴望管训的被虐待狂。至于白色二丁挂及瓷砖，充满"补白"癖而非"留白"意境，仿佛不贴得满满的，无法彰显物阜民丰的太平盛况。据说大家乐狂飙时，中奖的乡下老妇异想天开叫工人把老厝外壁全贴上白瓷砖，远看很像一堆白色牛粪冒着炊烟，十分惹眼。看看这种造园哲学，的确跟猴儿敷粉差不多。我想百年以后，这类房子很有希望成为特级古迹，让后代子孙考据台湾在经济奇迹之后反映在建筑上的鬼怪心理学。

我相信任何事情过度猴急都会使人变坏，尤其暴富。因为一旦有钱，用钱的手法恰好暴露内在的自卑与贫乏，加上台湾人酷爱"整"房子，大街小巷走一趟，不难归纳几点特质：一是"砌墙狂"，这充分显示过去推行十项、十二项建设的宣传成功，使民间长期保持建设的兴奋状态，过分充沛的精力无从发泄，转而加盖、整修、违建、打通、隔间自己的房子，以逞建设的兽欲。柏林围墙拆了没什么稀奇，能叫大台北一楼住户拆墙才算伟大。

第二是"避难狂"，两次大战多次逃难的潜在恐惧，使台湾人家家户户信仰铁窗主义，防空洞型的住家风格也理所当然。连练过飞檐走壁的侠客都上不去的窗户也要安铁窗，说是防小偷，不如说"怕死"。如此造就了岛屿性格、公寓脾气、铁窗脸，这种地方能出产什么"大师级"人物，我很悲观。

表现得最彻底的是"仇视自然狂"，与阳光、空气、风雨、土壤、花树为敌，总是先想到对人的害处而抹杀它们对人的助益，把大自然当匪谍看待，恨不得诛其九族而后快，可是每年春天又千里迢迢开车上阳明山看"匪谍"，甚至外出旅游到"匪谍"多的地方度假。好好的院子灌个水泥顶遮阳，可又大摇大摆把衣服棉被晾到巷道来吮吸阳光，这是什么道理，我也看不懂。

赶在年前大清扫，孙家女佣把棉被、鞋子全晾在我的院落。如此豪富也得向我这个穷书生借阳光，顿时感到伟大，原来太阳也是一笔流动资金。

也许，我应该找他算个利息。

发表于一九九〇年二月

赖 公

一样米饲百样人，养出一个赖公，要说面貌、身材，跟你我没什么差别，了不起多颗痣、鼻孔大些或肚围油脂厚了点，这等皮毛小事不足挂齿。若说起德行操守，那就新鲜了，咱们中国人的传统劣质美德全都虎头蜂似的蛰在赖家门楣上。

赖公破八十了，老而不休，秉持儒家鞠躬尽瘁精神在一家大型公司挂个顾问，按月支薪，顾而不问，又十分道家风范。平日居家，喜用蝇头小楷批报纸标题，现年头一些跑新闻下标题的记者先生、编辑老爷不知中了什么邪，专用耸动、暧昧、绮艳字眼下饵，赖公非常不喜欢，什么"夫妻分开'税'！"简直语义不清、乱人耳目，赖公很生气地杠掉它，重新下标："夫妻分开申报所得税。"至于过分裸露的外地模特儿照片、本地秀场影视明星的胴体等等，赖公绝对替她们穿上衣服，还好赖公不是服装设计师，要不，他会在女性同胞的衣服纽扣上加号码锁、防盗腰带,以端正风俗。

赖公治家严谨,日常家计用度,必用工整楷书记账:"某年某月某日:煤气壹桶贰佰玖拾元整,金丝膏壹片伍元整。"如此抠金掰银大半辈子,田产房屋金块元宝不可胜数,算得上千万富翁。然而赖家的拖把一拖七八年,棉纱条烂成一球,这么一根棍棍仍然物尽其用,哪天拖着拖着化成灰了,赖公一定打弯他的老腰,屏住呼吸,一点一滴抿起来,送作花肥。

腰缠万贯其来有自,赖公致富的一字诀是"赖"。话说某日,收报费来了,赖家没人,作为邻居的我自然代缴三百元整,持收据一张面禀老人家。就是那么不凑巧,赖家本周用度仅余数十元,须待下周银行提款再付。"没关系,您方便!"我也就自然空手而回。倏忽数周已过,突然想起来,腼腼腆腆提了一下下。"付过了不是!收据你看看这张嘛!"赖公特将账册摊在白花花太阳底下叫我瞧,我好端端一个女孩子家敷了满脸豆花。我的金钱观是来如春雨去如流水。十指合不拢便知多财多漏,区区三百,无须计较,可是赖公的巴掌密不透风,硕硕百儿参,两个月的晚报给他赖到了。

鸡蛋、排骨、葱蒜、酱油,能赖就赖,大楼上下每月缴清洁费两百元总不能赖吧!不!他老人家说垃圾都是他自个儿拎到大垃圾站去的,从没栽到垃圾桶;楼梯清扫嘛,赖住一楼,没走过楼梯,收清洁费的年轻小子皮薄馅嫩,收不到也就算了。可他老子是个狠角色,大白天埋伏,见赖公行止闪烁，拎包垃圾趁四下无人，火速掀盖栽赃，马上又神色雍容，一路做甩手功进家。突击猛将，那还用说，擒起大垃圾桶隔着围墙往赖家倒，一溜烟不见了。赖家院子里，平白捡到一窝垃圾，如果它们能卖钱的话。

这回总该缴清洁费吧！据我所知，没有，赖公把垃圾拎到隔壁栋楼，当天色都黑了的时候。

发表于一九八九年十一月

水昆兄

话说鲁迅的"阿Q"被枪毙后,并未绝子绝孙,他的精神撒了种,孵蛋似的一大窝,个个像皮蛋弹到咱们这年头,有的继续在大街小巷滚陀螺;有的栽进阴沟里浮浮沉沉。由于污水黑皮面,这伙人与泥沟打成一片,不太容易被发现。

他们有个逗趣的别号"水昆兄",以别于祖辈的Q爷爷Q姥姥。果然是,家血统传到他们这一辈终于出人头地,所以水昆兄妹的烫金名片上,把家徽倒过来:Q,音"水昆",义"混"。

别跟我说你不认识水昆家,这年头,一块招牌掉下来砸昏十个路人,九个水昆兄妹,一个是拜把的。他们像滤过性病毒一样,潜到哪行,哪行便发炎红肿。平日坐办公室,他们喜欢喝茶聊天看报纸,打打小报告或打打毛线,充分发挥"坐以待币"的精神——白花花的新台币。偶尔诗兴大发,吟两句词儿:"沧浪之水清兮,可以濯我缨;沧浪之水浊兮,可以濯我足！"这两句的意思是：不管水清水浊，我都能混。也早就裱成对联，悬之于梁，早晚膜拜，尊为家训。

如果你倒八辈子霉上他们公司行号机关团体办事儿，又倒了九辈子霉搭上水昆兄，你会发现问路不知、问人不知、问事不知。你火了："那你知道什么？"他必定凶你如一只恶犬。如果你气极出门，找家咖啡店消消气，恭喜你遇着水昆妹了，她对店里卖的什么咖啡一问三不知。不过，薪水少了一百块她倒是知道。

浑水摸鱼，一混天下无难事。阿Q地下有知，当会含笑九泉。

发表于一九八九年十月

上 班 族 之 梦

有个朋友三十冒芽，坐办公桌的。平生最大志愿四十五岁退休，从此颐养天年。退休后的生活他想得真美：退休金嘛，买几张不长霉的股票用平常心抱着，年纪大了宜修身养性，大清早钻号子跑短线有碍清誉。既然不愁吃穿无须打点家小（蜀道难，要他娶妻也难），那笔掰血筋挣来的钱当然羊毛披回羊身上。四十带五，甘蔗啃得动，花生嚼得烂，摇个电话杂货店小工一箱啤酒搬到脚跟前，三五好友划拳阔谈天下事，一人独酌花前月下，我与影儿捉双，美得够狠！

懂得赚钱也要懂得花，我这朋友不赚照花，债权人能摆满两桌，可他不以为苦："人生嘛，还债讨苦就这么一档事儿，赚一吃二，将来撒腿儿才够本，烂债自然有人收，来来来，干了！"如此这般，到现在连个"房事"都没搞定，三天两头搬家，跟讨债的躲猫猫。"找我不着，你借钱给我买房子好了！"你死给他吧你。

可是照他说这一切到了退休后就平反啦！"黄昏，搬把摇椅纳凉，大榕树底下一片绿草地，小野花三两朵，眼前有山，背后小溪鱼儿泼剌，风一吹还有牛屎味。我摇着'竹扇'，这很要紧，得竹扇才衬！摇着摇着，忽然'嗝'了，一只麻雀飞出大榕树。""嗝"就是一口气吸不上，瞪眼含笑归了西，夹在指间的烟还咝咝作响，一截烟灰不惊，若他当时抽烟的话。

我送他一把竹扇，道地的，他的退休梦可以倒着做。

发表于一九八九年八月

疑 心 病 者

疑心病者，大多偏瘦，要不就超胖。

适度的怀疑乃源于自我护卫的天性，当然不必大费唇舌。人的怀疑习性，大可追溯到蛮荒时期，那时的生存环境处处埋伏陷阱，突然窜出的凶兽与不听人力指挥的自然，足够使人们在繁殖下一代时顺便把已开发的怀疑精神遗传下去。虽然，不断抗争的结果，人们熟谙各种捕兽技巧与驯服自然的手腕，照说可以高枕无忧了。不过，依我的推算，人类最要命的是精神层次被开发出来之后，其能力永不消失，相对于肉体部分过久废弃之后的永不复原。

基本上，我认为现代社会的地理环境助长怀疑坐大，那么多的十字路口、幽暗而狭隘的巷道、局促的公寓设计，以及那么重视隐私的办公室隔间。与以前不同的是，现代的怀疑精神充分发挥在人们最亲近的人身上，因为，不怀好意的人比十头野兽五次山崩两次水灾一次酷雪还可怕。我之所以不厌其烦地陈述这些，乃为了原谅疑心病者，这个社会加之在他们身上的灾厄比他们带给我的困扰还多得多。

我的朋友甲，她一直怀疑我提着礼物进她家时顺便把台北市所有的细菌带进来了。还好她的经济能力不允许在门口鞋柜处装设高科技检验器材，要不，我恐怕得在进门之前，先通过辐射污染检查。所以，我现在已经适应购买有正字标记的礼物送给她，换上纸拖鞋后，坐在那一张客用沙发，饮用纸杯装的乌龙茶，轻轻地用纸巾抿嘴，以免动作太大将身上的细菌抖在洁净的地板上。她家约有四十坪，而我多次做客活动范围均不超过一坪，也不超过一小时。

如我所说的，她是个瘦竹竿，基于过度警敏，连带地对食物也不怎么信任。虽然，鼓励她看个医生治头痛与心脏不正常律动，她的表情如同被判极刑，医院是所有病菌的集中营，那种鬼地方会要人命的！我的狡辩精神使我不自量力地盘问她："好吧！就算是鬼地方，你怎会预先知道鬼恰恰好抓了你呢？"她非常绝望地望着我，仿佛唯一信任她的贞洁的朋友也怀疑她，声音也就颤抖起来："你怎么知道鬼不是恰恰好抓了我呢？"

我耸耸肩，惯用某种不得体的俏皮话化解彼此的危机："也许，鬼不敢抓你，太麻烦了嘛，他得在掐你的脖子之前剪指甲、洗澡，还有治好他的口臭！"

我的另一位朋友乙君，他的疑心病总在办公室进行。如果说，甲女士的病是怀疑所有看得见的器物都藏纳隐形杀手，那么乙先生的病正好相反，他怀疑所有看不见的人正在进行一项嗅得到的、暗杀他的阳谋。

所以，他必须先下手为强，在敌人的阳谋得逞之前先用阴谋杀菌。

我之能够与他保持友好关系，据我反思，乃因为毕业之后彼此所掘取的社会资源与动用的人脉均不相涉，是个无利益冲突的人，因此能够向我透露他的工作环境是如何地像杀戮战场，而他又如何巧妙运用《孙子兵法》《六韬》之术擒贼擒王。我真是慨叹，同是一门兵法，他学得龙腾虎跃，而我学得一脑天真，连敌人的脚印也没看到。有一回，我大胆请教："同学，你把每个同事都说得那么险恶，不怕造成冤狱，会遭到报应的！""你醒醒吧，现在的社会就这样，你不踩别人的肩头往上爬，别人早晚踩你的头颅往上升，谁怕谁啊！""可是，树敌太多，对你有什么好处？""可见你兵法没念懂，形兵之极，至于无形。兵无常势，水无常形，我没有敌人，他们根本不认为我是敌人。""而你根本认为他们是敌人！"

我想乙君已无药可救了，也就不太想去救他。诚如我说的，他愈来愈胖，为了不断与同事进行私密谈话，挖掘小道消息顺便埋伏间谍，他咖啡喝多了，啤酒灌胀了，饭局吃撑了，焉能不胖？我猜他进医院开刀治心血管疾病的日子不远了。如果《孙子兵法》没提到，本人想不自量力写个"始败十四"："敌人者，人恒敌之。是以，兵无常胜，月无全圆。胜之日，败之始也。"

放下消毒水与磨刀吧，疑心病者。

发表于一九九〇年元月

魔 女 的 厨 房

基于某一种饥渴,浮士德拎着空虚的胃,跟随梅非斯特走进魔女的厨房。

石砌的灶上,一只大锅在慢火之中焖烧。长尾猿以灵活的尾巴圈着木杵,慢慢搅和浓汤,于是,汤泡毕毕剥剥地响起,如腻睡的胖子的鼾。从锅子升起的蒸气幻化成种种形象:戴皇冠的千年骷髅头、黑胴体少女系着金铃铛的足踝,或一条银森森大蟒抽身变成权杖……想必如此。灶旁,牡猿与小猿们正在烘掌取暖,毛发的焦臭充溢整个厨房。

"这种污秽的煎汤,怎么能够减轻我三十岁的年纪?"浮士德如是说。不需要妖法、医生即能返老还童的良方也是有的,梅非斯特伸出猛犬似的长舌,濡濡地说:"只要你跑回田野去,开始掘土耕种,把你的身心保持在很小的范围里面,和家畜过一样的生活,吃单纯的菜饭!"当然,这只是魔鬼故意设下的陷阱,经年浸泡在发霉的书堆里,被知识漂得蛆白的浮士德，想必十分憎恶指甲弯里藏着泥垢，从宿儒书房到魔女的厨房距离近些，他终于接受魔女的灵药，杯口跳动的火焰阻吓不了他，老朽的肉体终于窜起青春的原欲。虽然，非法得来的青春乃预先被诅咒的悲剧。

浮士德的确遗传了一批子孙，当巷口的老头儿穿起他的夏威夷衬衫准备光亮遛街，肥嘟嘟的太太们昂首阔步向世人展示刚拉过皮的脸，或八旬老人竟有着过度乌黑的发丝，我们不难嗅出他们血管中尚未浇熄的欲火。如果耐心够，也不难在几日风雨之后，看到青春又再度在他们身上垮台。

总该有人出个秘方吧！如何长生不老，如何返老还童，如何能用瘪嘴啃食"垂垂老矣"这根玉米棒？无际大师的祖传秘方或许管用吧："好肚肠一条、慈悲心一片、温柔半两、道理三分。"这是主药材，"宽心锅内炒，平等盆内研碎，用和气汤服下"，得趁热喝，不能叫苦。据说能祛伤解郁、降肝火提精神，兼治返老还童是没问题的，根除了老的念头，自然看不见老态龙钟。

恐怕有人买不到药材，药铺子不售这几味儿的。真找不着，只好请他上魔女的厨房，长尾猿仍然尽职地熬煮那锅汤，魔女的灵药虽然贵，但浮士德已经替他的子孙买过单了。

发表于一九八九年十月

女作家的爱情观

据说爱因斯坦生前非常痛恨签名，尤其是应慕名者要求的签名，他认为索取别人的签名证明了人类尚保留野蛮时代扛猎物回家的行为，既然不能把人当战利品，取他的签名也等于取其首级了。所以，爱因斯坦这么说："我的名字是我写过的字当中最没学问却最有人要的！"（这句话是我替他说的！）

不知从何时起，台湾的编辑界流行附上作者签名、照片以壮文势，到底因为对文章没信心必须附图美容呢，还是印上照片有利版面活泼、增进阅读脾胃？我没有深入研究。不过，风起云涌，几乎所有的刊物（包括校园刊物）都做出同等要求，苦了我们这些"羞于见人"的作家倒是实情。至少，像我这种其貌不扬的人被要求寄上童照、学生照、生活照以便编辑挑选时，也只能自我解嘲接着说："那，要不要寄 X 光照，顺便帮我做全身健康检查？"

如果有人有兴趣从人类学的角度看近十年来的编辑策略、版面设计，大概可以写一本类似"丰年祭"或"出草典礼及其武器研究"的报告书。则本人不难在众多"首级"中发现自己的"死相"，并庆幸还有人死得比我难看！

这些还不算严重，签名、照片乃身外之物，犹似毛发、指甲去之无伤，就算对方有厉害的巫术，也动不了本命。要命的是，这种猎物心态不知从何时起贪得无厌，这回不仅要照片，还要作家的八字！

有家专门编给女人看的杂志社打电话问我的八字，说要搞个专题请道行高深的命相家替"女作家"批八字，与读者分享。我在焦头烂额的工作中如遭晴天霹雳，舌头打结了："可可可是我八字还没一撇……""别紧张啦，我们会从各个角度探讨，家庭、婚姻、事业、财富、健康，来看你的先天后天，很有趣的！"我神魂稍定了，反问她："万一算的结果，我是克夫兼破财，害我嫁不出去，你们付我赡养费吗？"挡了问八字的，没隔多久，另一家杂志来问星座与血型，对方纠缠不清，结论不得不干净利落："我不喜欢这种综艺节目式的专题，女性杂志居然把女人当玩物，我没兴趣！"

自从女作家的书在坊间颇为畅销之后，仿佛只要冠上"女作家"三个字便能保证销路，一时如饿虎出笼，编的人垂涎三尺，读的人津津有味，又苦了像我这种"不识大体"的女作家。三天两头总会接到文情并茂的邀稿函，格式不出"为了改善社会风气，传递生命经验……"所以计划编辑一本《女作家的爱情观》或《给初恋情人的一封信》《我的第一次》《我的婚姻观》《我理想中的伴侣》《最刻骨铭心的一次恋爱》《失恋的时候》《枕边小语》……这些琳琅满目的编辑策略，我统称为"卧室文学"，再搞下去，总有一天女作家们会被要求去写《我的床》《棉被花色与性心理》《我对枕头的要求》……

爱情不是不能谈，但变成流行课题又把女作家当成饵时，其背后隐含了这个社会仍然弥漫传统的"猎物欲"，使撰写的女作家与大多数的女性读者在这种传统下被蹂躏。而耐人寻味的是，执行任务的大多是女性编辑。

如果爱因斯坦是个女性，当他接到这些邀请函，也许他会挤出一点点幽默说："取首级的刚走，剥衣服的又来了！"

发表于一九九〇年二月

一只等人的猴子

坐在对街咖啡店看中山纪念馆这栋建筑物,真像拿破仑戴的帽子,广场上的游客全是头虱。

虽然此刻这顶大礼帽四周架起钢架,一群缝纫工企图恢复往日的光荣,可我不如他们乐观,似乎任何水泥平原上窜出来的建筑胴体都引不起我的快乐想象,也许是酷热的暑气令我恍惚,也许是潜意识早已抗拒现代都会制造出来的任何东西。那些带着强制意图的神话性建筑,它们被潜伏在每一条街道及拐角,猎犬般对每一个路人狂吠,直到无辜的小百姓成为信徒。

大部分时间,我驯服地成为信徒甲、群众乙或市民丁。但某些时刻,我依然固执地躲在多肉植物丛里,说着仙人掌语言,像猴子般对敌人丢掷香蕉,来对抗城市的一切。我善于用想象揶揄,朝它们吐舌头,却不知不觉,成为一只剃了半边毛的都市猴子。当我舔理所剩不多的尊贵兽毛时,竟发觉连舌头也分岔了。

广场上的头虱们,节庆一般,放起多彩多姿的风筝。对已经失去蓝色操守的天空,人们的放风筝行为,在我看来分外难堪。如果，人仍然保留原民时代对大自然的信任、爱慕及种种舐犊行为，我愿意视放风筝是一种远古时期与众神交谈的遗迹，然而庞大的现代建筑取代了大自然权威，人对已经失势王朝的眷爱，除了增添悲哀，又能挽回什么？

礼帽将恢复华丽的色彩，而人们仍然像头虱一样，放着风筝。

我桌上的咖啡已经续过杯了，也很明白等待的人不可能来。我与他都没有错，这个约会的时间地点原不在这家咖啡馆。早上，当我提早赶到约会地点，那家馆子挂出"整修内部，暂停营业"的牌告，我既不愿意枯站街头等人，也不肯在精神上做一个失约的人，遂走进这家咖啡馆，心想如果他也发现中山纪念馆像一顶拿破仑帽，不难发现我正隔着落地玻璃窗朝这个城市吐舌头。

令我哀伤的是，所有经过窗前的人除了抛来比看一只剥香蕉的猴子稍微温和的眼光之外，不能沿着我的目光欣赏大礼帽，以及那群快乐的头虱，我有点孤单了。

在戒备森严的水泥丛林里，像我这样失去半边兽毛的猴子，或许应该戒掉丢掷香蕉的坏习惯。我是否该慎重考虑剃去剩余的毛发，向多肉植物告别，然后时间回到今天早上，我乖乖地站在"暂停营业"的牌告下等人，像我们常常看到的负责任的市民。

发表于一九八九年十一月

叫卖声

只要有小巷弄，叫卖声音像秋天的落叶，从窗口扇进来。

清晨七点多，最先活络的是"小笼包"，简短的三声男中音，在蛛网似的巷弄里由远而近，夹杂在已经发动的上班机车声浪里兀自前行，偶尔听到阳台上有女人探声回应："喂，小笼包！"一阵吧嗒拖鞋声打响楼梯。那男人大概是个身材矮小的人吧！不知姓名，就叫小笼包。叫卖的声音只有七分饱，留了饿的余地。通常，我在床上听这些，虽然没兴趣一大早吃小笼包，但他的叫卖声让我产生一种幸福的幻想，仿佛一睁开眼看到的任何东西都是柔软、温热、可吃的，包括蛋饼似的棉被，以及大花卷的枕头。

九点多，我已坐在案前开始与稿纸厮磨，也不顶真写什么，胡乱写几个标题，随手抽一堆书，乱翻一通，又写一串，有些适合书名，有些单篇使用。"豆——花"，苍老、低沉的闽南语叫卖突然插入脑海，好像这也是个标题，勾起儿时一群孩子蹲在路头吃豆花的轶事。"豆——花",那老人像在叫一个乳名"豆花"的孩童,至今尚未寻获。这种想法让我难过,有些东西穷极一生想要追求,到头来也变成一阵叫喊而已。

近午,扩音器开始响了:"报纸卖,簿仔纸卖,报纸、簿仔纸拿来卖!坏铁卖,坏铜、坏电视、坏冰箱拿来卖!"这声音真过瘾,他只买不卖,而且专买坏东西。起初把"坏铜"听成"坏人",闽南语"铜"念成"挡","人"是"朗",乍听无比兴奋,坏人可以拿去卖钱。若真有三轮车沿街搜购坏人,不仅可以出清家里存货,还可以提供一叠姓名住址,叫他到府取货。这联想虽然幼稚可笑,可真是乐,我心目中的坏人大多很胖,斤两足,可卖不少银子,虽然我也好不到哪儿去,由于精瘦,算是劣级品。

最俗丽是下午的发财车,录音带里女人嗲嗲的声音:"来哦!来买芋粿、菜头粿、红豆仔甜粿、咸甜粿、油葱粿……"惹人发噱,还会穿插闽南语流行歌曲:"等一下呢!搁等一下呢……我的人我的心是你的,你的人你的心到底谁人的……"想必生意不恶,充分诱发购买的冲动!真要涎着口水冲下楼去,就发现做生意的是一个大男人,闲闲地叼根烟,在一旁咳嗽。

至于卖肉粽的,总在三更半夜。雨夜里独自掌灯写稿,旧绪已理新稿未成,一声高过一声:"肉粽!烧——肉粽!"

在温暖之中又透露寂寞,写稿人与卖粽者同等卑微也同等高贵。"灵魂!热——灵魂!"买的人不会多,下雨的半夜。

叫卖声音杳渺,稿子已成,想立个漂亮的题目,正在推敲,窗外喊起"小笼包"了。

发表于一九八八年九月

粉 圆 女 人

一大早,她推着粉圆车走在我前面,精瘦的身子扭得很利落。一向偏爱瘦女人,手脚机灵、干活不拖泥带水。若发给她们猪毛鬃、肥皂粉,不消三天两日可把黑人皮肤全刷白。

"早,上班了!"她回答我的招呼。四十靠边的脸上依然白净,几点雀斑显出少女般的矜持。作为她的老主顾的我,读她的脸跟吃她做的粉圆一样兴味。只要是不下雨的黄昏,她见我弯进巷子,朝她点头,马上备碗掀锅,一碗黑溜溜的珠子端到桌上等着。她非常清楚我只吃粉圆,不掺绿豆、红豆的。有时回来晚了,她用歉意的口吻说:"哎呀,粉圆没有了!""没有关系!"我也歉意起来。她委婉的声音在叙述粉圆卖完之外掺着照顾不周的自责,我的歉意是无法给她定时归来的承诺,谁能给谁承诺呢?

然而,我读不懂她的脸。那张好好装扮会十分娇贵的脸躲在粉圆车后却能不染烟尘。她对谁都亲切,也一样不说生意之外的芝麻绿豆。需要多久的沉潜才能把人生锅里半生半熟的粉圆吞入肚里，这一吞就不打算反刍自数了。

端午左右，我买了一袋桃子，依旧吃粉圆，她忽然若有所思："唉，我今年还没吃桃子呢！"我极冲动地抓两粒桃子："请你吃！"她脸上的惊恐仿佛那是两粒金桃非她分内的锱铢，极力推辞，我有点后悔自己越轨了。对这个女人而言，除了十五块一碗的粉圆伦理，任何的授予都是风吹沙。我依然吃她的粉圆，这一吃就不打算数了。

发表于一九八九年十一月

一枚煮熟的蛋

常看她骑着机车风里来雨里去,有时前篮的大把菜叶子在风中捆她的脸,知道她上过菜市场;有时后座安了个大报袋,沉甸甸地几乎使前轮离地,知道她赶着送晚报,她喜欢把报纸卷成油条塞在门把子缝,还真像油条,铅字都还烫手哩!有时啥也没,就她一个胖墩墩的妇道人家坐在车上,倒像社区的巡逻官。

人家少年仔飙车,她飙报;六点钟看早报,四点半看晚报,从来不迟,若是迟了,一定是报社换版怪不得她。

还没搬进家,她的订报名片贴在门上,还仔仔细细列举服务项目,字迹像小学生。

我订了四份报,她每天跑我家两回,后来减了一份,她还打电话问是不是不好看?我不知道怎么回答,觉得她真痴情。有时丢报纸,我知道八成是小孩乱拿或邻居牵羊,打电话问她可不可以补,她飞车送来,报纸的雨渍还在,她穿着雨衣满身湿了，我实在舍不得她，骂自己没良心。所以别家报行以优待方式诱我改订，我拒绝了，又像妇道人家一样通报她。她火速挨家拜访顾客赠送小礼物，当然，我也得了三支牙刷，还很义气跟她保证，绝不改订！

好女人应该有人疼，但直觉告诉我，她没人疼。这回为了搬家请她来清报费，她依旧背着大报袋，拿着收据本与我闲话，我说进来坐吧，两人聊起身家世事，一点也不陌生。她突然问我：

"五十多岁的男人还有没有办法改变他的想法？"

这就是她要像男人一样拼命赚钱养家的关键了。我就说五十多岁的人像一个煮熟的白水蛋，除了蘸盐巴吃，没办法摊蛋皮啦，煎荷包蛋啦，或者打蛋蜜汁。

她与我坐在地板上吃莲雾，我仿佛看见她正吃着那枚索然无味的白煮蛋，这就是她的人生，每天把大大小小的故事送进别人家里，可是没有人来读她的故事。

我希望她看到这篇文章，某一个早晨，百万个看报的人一起疼一个不认识的送报女人。

发表于一九八八年九月

深坑老街

把老家的竹子謝籃帶在身邊，裡頭放滿各式各樣的繡線。幻想有一天，縫出桃花江、楊柳岸，小鴨三兩隻。總是少了針。

马桶树

就连现在，我想起那棵树仍要笑的。

依山傍水小镇，民风淳朴，这在现代社会算是稀奇的。刚搬来没一会儿，踩单车去指认山水、逛逛民家宅舍，山川溪水虽称不上壮丽，也算是个俊哥儿，朴朴素素地适合清白度日。山势木讷，奇幻风景没有，老实人的天气倒是。上了年纪的老街住着上了年纪的人，十七八姑娘、四五岁小童也是有的，可我总觉得他们细嫩的肤肉里有一股老香，可能住的是老宅，平日见多了家里、街口的老人，眉宇之间就沾了阴天。看到廊柱下一名少女蹲着掐青菜，嘴嘟嘟的，真以为她背不全《颜氏家训》刚挨了刮。据说老街豆腐出名，光看那些土招牌若闻蒜爆香，没什么门面，一副理所当然模样，来了就坐嘛，坐了就吃豆腐嘛，吃完就走人嘛，人生哪来那么多稀奇古怪的烦恼，葱爆、清蒸、凉拌、红烧、调羹，豆腐还是豆腐。

"欢迎来吃我的豆腐！"跟朋友这么说，总听到对方贼贼地笑，打蛇随棍上，再补一句，"白白嫩嫩的，入口即化！"我怎不知道什么话题牵什么藕思，豆腐就是豆腐，东西还没见着，光听这词儿，斜心眼的已经蜘蛛似的结网了。

我初来乍到，带着城市的熏习瞧小镇风情，也有误读的时候。直到看见那一棵树，才算学会跟小镇说话。

一棵芒果树，种在粉红色马桶里，青苔围墙靠边搁。马桶上还高高低低垂了翠玲珑草，撒尿似的。

乍看，有点臭的感觉，心里秽，那野芒果我绝对不吃，屎块巴拉的，继之一想，这里头有学问，古厝乡下的木尿桶，见过怀旧的人用来搁米粮；澡盆则当果盘放圆滚滚大红橘，我怎不觉得脏？那当然没理由嫌一尊马桶跟它的树，如果有人拿来摆客厅当椅子，也无不可。脏的念头是我自己，马桶只不过是马桶。

后来还看见瓷浴缸里种一大汪粉红色长春花、小不点枫树苗的。我挺乐的，日子可以这么过，东西可以这么用，观念可以这么破。

我仿佛听到种树栽花的老爷老婆这么说：别成天拘在你的书堆里搞闷葫芦，日子哪像你们说的艰难，年纪轻轻一双眼睛弄成斗鸡，看远些，眼睛看不透的，用肚脐眼看也可以的啦！

发表于一九八九年十月

上　殿

太阳像个火爆浪子，从东边儿摇滚出来时，我有了晒棉被的欲望。

扛三公斤的大被上屋顶阳台，像师傅撑着刚揉匀的大面团，腋下夹的两颗枕就是撒了葱屑的花卷，全摊在阳台岸，拿精装书当砖块压住，这时候才道地喜欢知识的重量。

锁门，这栋楼空了，发觉自己是一块不怎么带肉的小排骨，在还没有剁成肉馅儿之前，到深山的殿堂去当牲礼，给夏天饯别，顺道问皇帝的安。

老早听说石碇的皇帝殿出名，老早把它想成阿房宫一样灯火通明，夏日的最后一场雨前几天来过了，一山的翠，茂密的叶片上还闪着水金。石径布了苔毯，可见将相不来上朝了，钉地蜈蚣还是认认真真开着紫花迎客，太监脾气不改，走了一个时辰的路，皇帝的殿檐还没望见，忽然闻到桂花香，退一步香就没了，进两步好像浓了些，可知是路标。终于看见石阶上密密麻麻的桂雨，正乐得摘桂花打算回家泡茶，三两声狗吠，抬头，一名七八十岁拄杖老头沉沉地盯我，那狗在脚旁竖尾巴。宰相门前的花儿不可摘，是这层意思吧！

老头的脸像石块铸出来的，喜怒哀乐看不真；老婆的是泥巴捏的，跟她贩卖的罐头饮料一样解渴，石砌老屋虽是大白天也黑得很，那股凉像从冰窖冒出来的。门庭上晒各色药草，几盆东倒西歪的昙花丛底下小鸡磨它的尖喙。"要不要买土鸡？要买现在捉给你，不买，要锁门下山了。"两老掩了门，再用扁担打横算是锁了。说是下山担煤气桶、挑罐头饮料。这样的日子过了六七十年，也没什么不能过的，想想我这都市里的娇客，未免过分依赖不可依赖的繁华了。

"花可以摘，枝不可以折，皇帝殿走两步就到了。"老婆婆临走前这么说。我的贪心还得了，满满拘了一袋子木樨，说是走两步就入殿，其实花了半个时辰还没看见殿门。

山脊梁也半骑半爬过了，大悬崖也擦皮绽肉上了，眼看是山的最高点，除了鹰在山坳回旋，大头茶花纷纷坠地，我可是揉碎了眼也没瞧见皇帝的什么殿！看看这山的走势，明明是条瘦狠了的困龙，要有皇帝登基，恐怕早也夭了。我索性摊在石崖上睡大字觉，想象归想象，眼前归眼前，若一觉醒来，皇帝的殿还没盖好，随手把夏天撵走，回去收我那平民百姓的棉被铺盖。

"聪明的人，总是依赖着不可依赖的繁华！"又回到老婆婆家门，我这口气叹了。两老尚未归家，他们取笑了六七十年的上殿故事，今儿个大概又数说一回吧！

等我又站在屋顶阳台，西方的绚霞红到山脖子根，棉被酥了，枕头发胀了，就等我这块肉排裹进去当馅儿。对面楼顶晾晒的衣衫，纸片儿一样飞着，恐怕秋天已经登基了。

用不着巴望皇帝赏什么饭吃，我裹入棉被里，管他怎么改朝换代。

发表于一九八九年十月

水 姜 哀 歌

时序入夏，空气中开始飘起姜花的清香。有时不见花影，模糊知道她陪你散了步，或忽然相逢于曲径，看见含苞了，可是不出味儿，仿佛正在跟谁怄气，咬唇不说话。

浮生看来无事，在不知道的地方，却有故事正在开始，或接近结束。从初夏到晚秋，水姜纷纷探头。好像什么时候该来，何时告辞，她们心底明白。

依山傍溪，如果沿途看腻了楼房、繁街，用想象毁了它们，回归百年前，则不难看到昔时的桃源风貌。据说，五十年前，溪水翠得像个姑娘，附近山峦挤着山峦，像十来个壮汉蹲着，全心全意看溪身舞动水袖，巴不得自个儿的身影映入溪的眼底，那姑娘一心一意想他就够了。五十年前，还见得到小扁舟，石碇那儿的民家，往木栅、景美方向赶集，要不就驾牛车走山路，要不就扁舟水程。闽南人较少在溪岸种桃花，想必当时是水姜陪伴溪姑娘的。那时，天下虽然贫瘠，水上的歌谣却是香的。

如今，天下饱了，顺道搞出穷山恶水，灭九族也不过如此。只剩下未改建的民宅附近，关着一坳水姜，不仔细看，以为是野芦丛，到了夏日，素白的身份暴露，她们开始唱起身世的哀歌。傍着大马路，疾车浓烟中，谁也听不住唱词。逢到假日，城里人携家带眷来踏青，顺手抽一蓬姜花，吃豆腐小馆时，姜花搁在桌沿，掉了，拾起来再搁，像是他家的女奴。烈日下，剑叶失水得快，萎得没精神，吃罢豆腐，看这花丑了，让她们搁在杯盘残羹上不带了，收桌子的拎个大垃圾桶，折箭似的一折，正好扫桌面。

古旧的年代消逝了，一些游魂尚未走远，落入现代，狼狈得比死还不如。有时，我狠心地想，没人惜的山川花树，干脆绝了还尊严些。当年那条缺粮的水域上，溪流、水鸟、野姜与撑篙的布衣平民相衬，对谈他们都懂的人情味。那时节，一个落拓的浪人掬水洗脸，就算是个冬吧，水姜不开花，也像见着亲人。

现在真的是冬了，三五株歪在臭水沟边的姜花，还不死心地吐着白舌头。那些话已说尽的，垂了百来只蝴蝶尸也不收拾，仿佛某个月夜，她们都想通了，相约飞回古旧年代，静静栖息在水上民谣的歌词里。

发表于一九九〇年十二月

落 葵

在最荒废的角落,也可能照见小小的美好。

人总是企求圆满,寻常人情如此,平凡的生活事物也用心营造,期待在众物皆备的情境下,开始释放情感,使人与物相互交融而享有美好。

所以,好花需配以好瓶,置于厅堂中最好的位置,又讲究地铺设娟秀的桌巾作为底衬,如此才放心赏花。这固然是人的本性,精心去实践一份美,但牵涉的细节有些非人能控制。小处瓶花如此,扩及人情世故亦是如此,往往可得者十分不及三,美无法圆满地被实现,人也在缺憾中惊心度日了。

或许行年渐晚,深知在劳碌的世间,能完整实践理想中的美,愈来愈不可得,触目所见多是无法拼凑完全的碎片。再要苦苦怨怼世间不提供,徒然跟自己倒戈而已。想开了,反而有一份随兴的心情,走到哪里,赏到哪里。不问从何而来,不贪求更多,也不思索第一次相逢是否即是最后一次相别!

遇见的那丛野落葵，就是如此。

去夏台风季节，菜价翻了好几次筋斗。我们决定自力救济，到那块六十多坪荒地上找去年种的地瓜叶。空地挨着屋舍，平常多余的花籽、树苗随手乱种，长得最好的当然是五节芒、杂草。还好地瓜命硬，勉勉强强夺了一方土地，叶子又瘦又小，摘不到几回，束手无策了。

后花园鱼池畔，搭着的一面网墙上，落葵任劳任怨爬出半壁江山，由于阳光不足，倒像一队老兵残将，仗还没打完，个个病恹恹地躺在路旁呻吟。我打量了半天，该下山买菜认输呢还是再撑几天尊严？落葵是民间习见的草药之一，据说有利肠胃亦能降火，才一棵，抬眼一看，它又像是背医箱行吟江湖的大夫，顺着墙根网壁爬，一路悬壶济世。春日结紫珠果时，曾摘了一碗，捏破珠果，滤出紫液用来染素棉纸，倒也淡雅。早知落葵的叶可食，平日太平盛世没机会吃它，不知味道如何，想必比王宝钏苦守寒窑摘食的马齿苋要好吧！

果然香嫩滑口，也可能心理因素，愈是缺菜愈渴望食蔬，吃起来添了珍贵之感。

菜荒解除前，那棵落葵早秃了。恢复菠菜、小白菜、水薤的日子后，偶尔拾箸之际，还想起落葵的救命之恩，它的香嫩是真的滑入记忆了。

没想到还有一次缘。某日上山，原想找一棵去年发现的薏苡，却意外在杂树间看到丰饶的落葵丛，赶紧跑回家叫人手，拿个大篓子去摘落葵。那条路是荒径，虽人迹来往，恐怕识得落葵的人不多，就算看到，也不晓得它是鲜美的野菜！

我们摘到日暮黄昏才歇手，欢愉得像诗经时代的女人背一大篓野菜回家。连续几天，餐餐有一盘快炒蒜爆的葵叶，它特有的嫩液也成为舌瘾了。

吃光最后一把落葵，相约再采。才几天不见，那条荒径已被全部清除，想必是附近某位勤劳的老妇，她常常开垦废地、撒菜籽、搭瓜棚，用红塑料绳围出一畦畦菜圃。诗经时代人人可采的野菜一下子变成现代老妇的私人田园。她并不知道镰刀扫倒的，除了落葵还有很多可以用来烹茶祛暑的青草。至少，她不知道落葵有多好。

我仍记得那丛丰饶的落葵，野外第一次相逢也是相别，但在记忆里，第一次变成最好的一次。

发表于一九九一年元月

白 雪 茶 树

不过是几步之隔,这边潋滟地红着,那边缥缈下了雪。

一直希望有棵白茶树,搁院子,寒冬里开几碗白雪,冷冷对看也是好的。甚至想象,抚触茶花时,听到冰瓣发出清脆的敲击声,如吹风的黑夜,被月亮光条相互拂荡的微音缠住了耳。

跟有车的朋友提了,择空去花市逛逛吧!除此之外,没别的地方买得到茶树。称得上"树"的,一定很贵,过去买红茶花的经验告诉我,雪白比朱红珍奇。白茶树一直延宕着,朋友空不出时间是其一,花市是否陈列亦不可测。年关附近,红花讨喜,花贩摸清脾气的,犯不着大老远运棵凄白的树自讨没趣!我闭着眼睛都看得到红樱、粉桃、朱梅、仙客来、螃蟹兰……在花市张着红唇。但仍然预备一笔款子,以及坐在客厅,透过冬日阳光栖息的窗口,看到院子灯柱下,有一棵虚构的白雪茶树,隐约传来冰裂的声音。

梦，想透了可能变成真的，至于何时何地何种情境下成真，非做梦人能预知。一向对自己动念的无稽之梦感到怪异信心，反正，它总会来的，一夜之间或捆绑数年之久。遂自然而然埋首于生活的旧领域，端起日子吃饭，偶尔感到一丝冰冷的唇触，大概在遥远某地，有一棵白茶树对我动念吧！不跟朋友提花市的事了，那笔钱也挪作他用。但我知道，白茶树已经在旅途了。

忽然有一天，邻居巧遇另一位准备散步的邻居，话匣子重，两人不知不觉往附近山腰倒——那条路去过数回，除了零星平房、茶圃、猪舍，毫无景致可言。她们在半路遇到一位先生，打算往山腰一户老乡家说话去，顺道摘几把蔬菜。她们跟了，看看那对老夫妻的菜园子也挺好，差几步路而已。退休夫妇，就两口子吃饭，人生里该吵的该闹的都吵过闹过，日子是真的锅冷灶凉了。托老天的福，身子骨还硬朗，屋前屋后大片没人要的坡地，一天一人种一株菜吧，十年来够养半块台北市了。他们种菜像养孙子一样，肥壮得仿佛棵棵都会开口喊爷爷、奶奶。老夫妻除了垦地植蔬，也随手种点花草树木，菜倒是半卖半送分给老乡们下锅，花树不能吃，招蜂引蝶而已。

邻居商量了几棵九重葛，老夫妻不巴望挣银子，添个肥料钱意思意思。老先生还细心答应，挖进盆子后在那儿沁几天露水，择日来运。他是老父心肠，一来话别，二来家花得跟着家土入盆。孤零零地让人拎走，再美的姑娘也活不长的。

邻居一回来就宣布九重葛亲事。我问她："还有些什么花？"她当时顾着看菜园，没仔细瞧，最主要是杂乱无章，瞧不出谱儿。我央她再走一趟，"一定有茶花！"我说。"哦！茶花蛮多的？你已经有两棵了！""我要白的。""没白的，有棵最高的红茶花被订走了！"反正有一棵就是了。

那样的山腰日子，就算摔锅攒碟子，也是遗世之音。喊了门，没人应，一条老狗窝在旧脚踏车旁午睡，刚醒，吠声夹着梦话。我径自悠游，大多果树，龙眼、木瓜、橘子之类的；花草多是耐风雨的，木槿、仙人掌、七里香、木樨、美人樱……那条狗跟着吠，用眼神跟它道个扰，不凶了。邻居正与老先生招呼，他从哪儿冒出来没留神，多了个买花人彼此明白。"你们看吧，就这么些花，没养好！"

屋旁，茶花苗出现了，苞含着，大部分不辨青红皂白，就算有白的，也不是我要的"树"。打算告辞，忽然又绕了个弯，往后壁遛，撞见一棵茶树，累累的雪苞！

原来在这里。这山与我居住的山对看，茶树的芳龄大约九年，我在那山进进出出一年半载，到今日才目遇成情。茶树找我，还是我找它呢？人梦着"梦"，抑或"梦"梦着人？

老先生蹲在菜园除草，他的背影像黑云压境。我这个落拓书生，斗胆看上好人家的千金——那么棵大茶树，任谁瞧见都想娶的！

喊了他，支吾着。"……那棵，'卖'我行不行？"他撑着腰，朝那儿觑，横掌遮住冬阳，看明白了，干笑两声。

"有红色的呀，那是白的嘛！"这话语义分歧，劝我讨个红吉利呢，还是软钉子？白茶娇贵的。"一直想要白的，搁院子里，您这棵太美了，我一定找不到比它更漂亮的，真是喜欢……"他与我站在茶树旁，我伸手摘蛀叶，他退几步，不知在审花还是审我？邻居敲边鼓，像个媒婆，动之以情，说之以理。我真是无用，光会数花苞。空气凝出一层薄冰。

"你怎么运呢？"

"那那那好办，背也背回去！"我喜急。

"成。"就这么个字。

"您……您说个数目……"我心里的账册翻来覆去，准备登录令人咋舌的数字，而且不皱眉。

"三百块。"

"啊？"

"三百块，花盆你明天拿来，我挖了种，用我和好的肥土，吃两天露水，再来拿。"

我吓出冷汗，天底下哪有这回事？梦寐的白茶树就在隔壁山坡，三个道涂相遇的邻居当探子，人家屋后八九年这么一眼就"成"了，只拿三百块聘金！才几个小时，相逢、问名、纳采还定了迎亲日。

辞别回家，花盆全搜出来，都嫌小。火脾气非得立刻上老街买个特大号的送去才心安，走几步，看见邻长家门口歪着一部旧脚踏车挺眼熟的，想起来是老先生的，冒昧进去探看，果然在，说明上街买花盆，待会儿直接送去，他拂了手："我一道儿办吧！正巧要上街买。"连路也不要我走了。手忙脚乱塞了钞票，赶紧溜，怕他还要找钱。

说好周日一起去运花，当天午睡醒来，忽然看见白茶树站在院内窃笑！难道五鬼搬运？邻居说：喊你，没人应，一定睡着了，我们跑两趟车，花都开了，最好的一棵被你得了。

碗口大的雪茶，从客厅的窗口望去，像千手观音在黑夜挥白手绢儿，有时像烈性女子自裂肌肤，寒流中剥出银铸的自己。人寻找梦或梦寻求人，一旦成真，都让我心痛。

发表于一九九一年二月

吠 鞋

有人送我的邻居一条狗。

我们一直以为它是颇具市场价值的大型犬，刚抱来时才几个月，体格健壮，神采逼人，已经没办法很虚荣地抱在怀里散步。它的脚力猛，吠叫的声音比山庄的任何一条狗都气派。

唯一值得挑剔的，毛色不怎么漂亮。大凡名种狗都有英俊的外表：娇贵的，毛色偏纯白或掺点浅褐；骁勇善战的，偏向纯黑或褐。总之，暗色系比较能凸显大型犬的将军气概。可惜，这只名犬黑不黑、白不白、灰不灰，五花八门全杂在一块儿。如果苛刻地比喻，挺像台北盆地附近的乱葬岗，远远望去，分不清是山林、墓域还是别墅区。邻居给它取了名叫"恰恰"，意思是恰恰好什么颜色的毛都有了。

恰恰饭量大，固守饭碗的本领很高。院子里一共三条狗，原本同盆共食，恰恰首先闹分家，逼得可怜的狗儿尝不到食物，只好各吃各的。但它老是怀疑别个盆加菜，不时逡巡一番。

虽然对狗一窍不通，我们并不吝于对来访的客人炫耀恰恰的血统。有的客人怀疑："好像不是哦！"这种话简直刺耳，我们马上将他归为"没眼珠子"的朋友，并且继续像伺候公子哥儿一样伺候恰恰，一天总要亲昵昵地喊几回，才觉得胸口顺多了。在院子喝茶嗑瓜子欣赏晚霞时，常看到恰恰箭一样飞驰，我们交换人不可貌相的传奇故事，更深信恰恰是被上帝肥厚的手掌摸过头的，它的丑是一种旨意，为了考验我们的信仰。

但事情有点令人难以启齿。我们英勇的恰恰为何做出这等"没品"的事？有一天，我亲眼看到它从别人家的墙根叼走一包垃圾，贼似的溜一圈山庄以防别人追踪再回到它所拣选的某一栋空屋院子里，然后若无其事地回来。门前那两条狗儿奉承老大般地追随左右，我在屋顶花园上观看这一幕，想起齐人骄其妻妾的故事，从此不怎么抚摸它，哪怕它的狗尾巴晃得多凶。

最要命的是，它居然喜欢叼鞋。从建筑工地叼走一只球鞋，丢在半路上，害人家跛着脚找鞋，是不是像儿童成长过程必须经过窃取、说谎阶段，还是回溯到蛮荒时期，犬与人未分胜负时的敌对意识，这我不得而知。如果一只鞋象征一个人，则恰恰俘虏的人足够关满一座集中营。说也奇怪，它非常男性沙文主义，只叼男人的鞋，女人足下的高跟、凉鞋，它很少动它——除非这人非常男性化，或者意识形态偏向拥护大男人主义的。于是，我常常做这样的事，当来访的男性朋友起身告辞，而我恭敬地感谢他的来访，打开大门，发现只剩一只鞋，遂非常机警地提醒他因路途遥远最好先上个盥洗室，立刻奔出门，亡命似的搜索山庄的每一条路，终于捡到一只沾满泥沙的鞋儿，又逃难似的奔回门前，发现捡的是球鞋而朋友的应该是很高尚的皮鞋。我这辈子从没这么狼狈地学会分辨男人的鞋，还要在他上完厕所之前擦干净，若无其事地送走他："有空再来玩啊！最好光脚来！"后一句话说给自己听。

像我这样保持"男女授受不亲"传统的，居然也有那么一天替男人拾鞋、擦鞋、摆鞋，还伺候他穿鞋。我恨不得剁掉自己的手，当然，剁手之前先剁恰恰，如果可能的话。

但它没事儿一样，天真无邪地舔着那身杂毛，亲昵昵地吠几声。我渐渐从它叼鞋的癖好发现它是一只严重右倾的狗。

水落石出的一刻来了。某日黄昏，一位遛狗的女人喊她的宠物："丫头，来！"我们不禁眼睛一亮，请教这条俊犬的年龄、来历，她非常得意地炫耀丫头具有很名贵的血统。我们都不敢搭腔，虽然很希望能够炫耀恰恰也是同种名犬，可是我们心里明白，它绝对不是，凭它那副贼头贼脑的衰模样，跟人家丫头怎么搭！

"我早就觉得不是！"我们互相揭疤，以洗脱当初过度兴奋与恰恰亲热的记忆。

有天深夜，我灯下写稿，忽然听到扒地的声音，不免持械巡视各楼以防宵小。那声音好像在一楼客厅，我躲在楼梯口探头，没半个鬼影，肯定是从院子传来的，猛地开门，赫然看到恰恰蜷缩在我的三双拖鞋之间睡觉。我很感动地叫它，摸摸头，并且告诉它其中一双旧鞋可以赠送，作为它自动看门的谢礼。

它居然没叼。问题来了，难道它真用大男人眼光看不起我？

发表于一九八九年十一月

野地的雪茄花

山庄的警卫室常常掩着门,贴在门上的"大家恭喜"向来往的行人、车辆道日安。如果不仔细瞧,压根儿看不准这屋做什么的。不设栏的前庭砌一张瓷砖水泥桌,四条石板凳,边上搁几把破旧的木头椅,大约是随手拾的。墙壁上电信局设了公共电话,就这么回事。外来的访客兜不准路,拨电话找人时,才会发现那块害羞的警卫室牌。"有人在吗?"客人会发现门没锁,谁进去谁当家。

一个山庄只要有四种人就活了:老谋深算的委员会总干事,懂得适度引进投机商人,谈笑间夹了几条砌公园、种樱花径的条件;忠党爱民的邻长,常常做政治性拜访,年节分赠免费春联及日历,以利将来选举;摸透每一条巷子,散步时顺道做最新户口普查的太太们是山庄的广播电台,她们称职地兼了中介业务,送走旧邻居,迎接新街坊,对每一栋楼的租售状况了如指掌,当然也包括紧邻交恶、夫妻不睦的野史秘闻；至于警卫，举凡登记访客、预防宵小、停电停水公告、收取管理费之琐事，应是岗位范围。这四种职能配合相当，不难有个打哈哈的太平盛世了。

也许因为定居山庄的大多是养老疗病或自愿地躲避城市之人，所以，警卫的功能名存实亡了。这片看似废墟的山庄，交通不便，访客稀少，最常听到除了每天十一点半卖菜妇的尖嗓门，就是几条邻犬追逐、戏吠的声音。门虽设而常开，发生的刑案，也不过是像我这种出门携带剪刀，偷一枝出墙红杏，揪一把美人樱的小贼而已。

我们的警卫，一个独居的退役老兵。他虽然列名四种职能之内，显然止于鸡犬相闻，不会分享回扣的甜饼。常常看他蹲在路旁割芒草，种雪茄花，这种工作一定延续好几年了，原先栽下的已经茁壮，他才能从中分苗又种了一排。他霜白的头发隐在粉红星点的花丛中，带着无人烟的凄凉，仿佛这才是警卫室。很难看到年逾六旬的人无怨无尤地种一队紫荆、小枫苗、雪茄花，回答问路的访客，好像人对路的描述永远比花木笨拙，也很少听到像他一样，用默默整理荒废的花圃代替巡访居民的警卫。哪怕是空户，只要院落尚有一花一木，不难看到他早已与它们交谈。

于是，我发现有人留话了。某日清晨，花台上站了几棵怯生生的小雪茄，隔不久，多了一株梅花。它们被浅浅地栽着，显然致赠者考虑我的栽种习惯，又不希望花木在等待中根须失水而亡。又一日，取早报时，迷迷糊糊数了大茶树的红花苞，四十来朵，兴奋地拿喷水瓶帮它们洗脸，忽然梦醒：哪来的茶树？长脚似的，趁我未醒时分，仙人掌、柏树、秋海棠，站在院子里等候。当我钻破院子水泥，打算收养众树，未竣工即外出了，回来发现有人从山上运来沃土填了。他不接受工资，长年茹素礼佛，面对这样沉默而慈悲的人，所有的礼物都显得单薄，一颗不求回报的心，使物质世界简陋到了羞愧的地步。

对于过去云烟一笑置之，我无从知晓他的花间心事，到底源于对遥远家乡的儿时记忆，还是在征伐的某个山头，慨叹人生流离，不如野地里一朵小花幸福？佛家认为山花野草皆说般若，他觉得人的一张嘴巴离不开恩怨是非，比不上小小的雪茄花眉开眼笑吧！

开花之后，那一片紫荆平坡被建筑工人铲了，雪茄花也埋成春泥。对前三种人及大部分的居民而言，已经为山庄的繁荣勾勒蓝图了。我们的警卫还是沉默，时常蹲在路旁拔草，继续栽种变叶木或雪茄花。警卫室仍然空着，一年三百六十五天都是"大家恭喜"。

发表于一九九〇年三月

空 屋

山坡翻飞着五节芒,仿佛发生什么事故,一夜间白发苍苍。深秋黄昏仍有稀薄的阳光,不多话的,散步人贪恋黄昏的体温,愈走愈远,终于隐入霜白的芒发里,听到秋与冬正在窃谈散步人的故事。

出门时,的确无所挂心,世事却常常趁虚而入,拎个小包袱前来投宿了。

那条路常走,散步之外顺道观摩整修楼房的工人干活。由于待修的房子颇多,不乏串门之处,不知不觉养成一种习惯:看看工程进度,问问大理石价钱,或非常好事地建议他们将不实用的壁炉安装暗门当储物柜……这儿地处偏远,屋主无法亲自监督,我自然鸠占鹊巢,意见很多:"反正废材料,丢了可惜,你干脆订个木柜送他,安在盥洗室放毛巾、牙膏、卫生纸、洗发精、有的没的,屋主会感激一辈子,往后他的亲戚朋友要装潢,第一个想到你!你去找生意跑断腿,生意找你一通电话!"当部分意见被采纳,我陶醉在虚荣的成就感里,仿佛那是我家。

有时,工人收工了,大门虚掩,我独自勘察室内装潢,推敲屋主品位及包工偷减材料的手法。拾级而上,从客厅、厨房、主卧室……大剌剌地登堂入室。电锯、工作架在飘浮的木屑味中沉默着,新刷的墙壁呼出油漆味,有一个家庭式的幻梦在这些凌乱的器物、材料之中隐身。而我这个闯入者,在它们未完成梦境时走入梦境,当它们完成华丽的梦境,进来扎营的梦主却不是我!它们将按照时间表逐日显现楼房的面目,我也将逐日删减脚步,直到屋主新居志庆的那一天,变成一个完全陌生的路人。来得太早或太迟,都无法悬挂自己的门牌。

或许,基于相互消长的关系,我反而珍惜散步途中的这份野兴,仍然不改喧宾夺主的旧毛病,纠正工人疏忽之处。他们有时好奇我与屋主的交情,我随口编织不易被拆穿的谎言,躲在安全的身份里。他们与屋主只有雇用关系,无须浪费情感;而我什么也不是,却流露过多的关注——我得不到的,总想祝福别人得到。

我也得了,空屋与游魂的密谈,预先潜入别人的生命书册里,留下一段不可解的错文。当新的家庭迁入,我遥遥站在自家阳台,看他们擦拭玻璃、拍打方块毯……那段错文在阳光中变成金字银句,互相追逐、敲击,发出绚丽的光芒,反过来抚慰散步人的内心。

其中一栋楼房,出了暧昧的意外。

有一回黄昏,信步走入装潢中的房子,四周阒寂无声,新铺的大理石地砖回应我的跫音。工程已到最后阶段,约需三个工作日的细部修饰,这房子便活了。我似乎感染一个梦境即将完成的喜悦,一路从客厅、厨房、主卧室、书房……细细勘察,甚至自作多情地构思,什么款式的家具最能衬托室内的优雅,什么树最能营造浪漫且宁谧的夜,什么画足以在象牙白的墙壁悬出一块活泼的狂野?也一番心算,核出多少费用最能符合实惠、舒适的要求。若不是我过于沉迷,便是这幢面目已凿的空屋有满腹心事要与我商量。拾级而上,发觉主卧室的花朵壁纸太俗丽、天花线板的蓝色调太沉,夫妻长久居住,恐有一股无形的压迫感,若再搬入大型廉价衣橱、双人床、梳妆台,五花八门分割视觉空间,难逃精神错乱了。除非,他们别出心裁,定做一套与线板同色系而稍浅的烟波蓝床组,铺上银鼠灰地毯,则天空与地面呼应、对流,如躺卧在自己的蓝色海洋数算玫瑰花园了。空屋似乎满意。待巡到三楼后阳台的地面排水孔,我几乎已是屋主,抱怨泥水匠未将水泥清除干净,堵住水孔,地砖的铺设也没考虑水流弧度,往后台风季节,定会漫溢入室。正在寻思,忽然一阵野风将门吹上,被反锁了。我甫清醒自己流落在别人屋中，前后左右皆无逃生之路，只有往下跳一途了。

就算呐喊，不会有人听到。奇怪的是，并不感到恐惧，我静着，看远处半坡的五节芒花，似动非动，三两声狗吠，七八只秋雀。坐在地上，摸摸口袋：一串自家的钥匙，而已。那么，真是一个神不知鬼不觉的人了，被遗忘在杳无人迹的角落，死了又活，活了又死，漫长地等待着。

这样的情境愈来愈熟悉，仿佛曾经遭遇过，我孤单地隐身在荒漠，睁眼，发觉荒漠不知何时变成陌生的后阳台，唯一的门锁了。忽然听到屋内有人上楼、开灯、交谈、商量自家的小小欢乐与苦恼，以柔软的语言相互安慰，终于一起下楼，布置家庭晚餐。他们不曾发觉我被锁在荒凉的一隅，我亦无法敲门求救，张扬一个不速之客的行踪。不知怎么来的，也不知怎么去，但所有的意外故事都必须借由一个独自开锁脱逃的人，才得以保持情节的隐秘与完整。

我陷溺在蜘蛛网般的想象中，寻思身在何处。黄昏风轻轻吹拂，对面山坡有一棵瘦高的木瓜树，招摇地露出丰硕的乳瓜，像窃笑的邻家媳妇。因此记起自己贪玩，在散步途中出了尴尬意外。身上除了一串可笑的钥匙，手无寸铁。黄昏即将冥落，再不设法，恐怕餐风露宿了。

锁，当然不是绝路。在世事中挣脱数回合了，深谙锁的定理，想逃的自有生路，不想脱身的，锁更加锁。我不愿冒险从三楼跳下，这栋空屋还不值得做这种牺牲，唯一剩下的是铝门窗；搬开架在窗边的废木块、木材，窗的耳扣也反锁着。这激怒了我，干脆脱鞋、去衣、卷起两袖，只剩上头气窗的机会了。还好没锁上，但我庞大的身躯如何钻入又高又狭小的正方框？只能凭功夫。不知哪来的身手，将自己在高空中打横，慢慢像蛇一样滑入内壁，纵身一跳，回到屋里。我非常小人地踹那扇门一脚，开门，重新架好木头，拎起外衣、拖鞋，关门，一切不曾发生。

开了灯，仍是空无一人的房间。昏黄的灯光照着榉木地板上的灰沙以及我身上的尘埃，不可置信刚刚那阵锁人风从何而来？

沿楼梯而下，二楼主卧室闻不出闺房气息——虽然，强烈感到有人依照我所修订的设计布置了这间房，在我被锁的时间里过起他们的日子。对门的孩子房，也听不到诵读课文的童音。我一间间地开灯、关灯，的确空空荡荡。趸到楼下，便是客厅与厨房了。我在偌大的客厅巡视，希望找到沙发的位置，容我这外人坐下来喝一口水再走，却只看到工人扔弃的汽水瓶、揉皱的烟包、槟榔袋及一摊污黑的血印。的确是空屋，沉睡在那张未竣工的装潢蓝图里。

临走前，不由自主地往厨房回眸，仿佛有一张热腾腾的餐桌，围坐着欢愉的一家，他们温和地看着我，以善意的驱逐眼神。

深秋与初冬在五节芒的仪队中交接,签署今年的第一个寒流,也移交一方幽冥的白玉玺。我必定误入它们钤印之处,才提早经历我今生的迷宫。

发表于一九九一年元月

冬 日 出 草

雨落在深坑老街,一坛接一坛。

卖豆腐的人家甫熬汤了,朝门外撒豆腐丁,行人成了葱段儿。石碇的包种,来街立了个小店,那块新匾雾雾的,悬着两球红彩,勉为其难撑了场面。隔着雨幕,看卖茶妇抓茶称斤两,过于臃肿的棉袄,使她看起来像一叶泡疲了的茶。这些,她是不知道的。茶坊廊下,三三两两蹲着,一群七八十岁老太婆围着竹盘拣茶叶梗子。她们是这世代最后一批挽小髻的女人,农历初一、十五吃清斋,用乡音与神明交谈的朴素生命,其中一个,咳了一声嗽,像雨中小镇刚发布的讣闻。这些,她们也不知道,一切都在冬雨的下午默默地进行着,遗失了意义,只是存在。

新年快乐,存在。

然后,我抄一条弯弯曲曲的石径走山,感到难得的平静。雨势潦草起来,怀素手帖把伞骨吹折了。我想,有些东西是挡不住的，索性收伞勾在肩骨上。人前人后都是雨，小湿不如大淋一场。如果有人从背后看我，一定痴笑这傻子，背一把呆伞给雨吃定了。人生的情境有时也这样，自以为算准一条最适的路上山筑屋狩猎，年深月久，钝了刀，朽了箭，只剩一阶子枯叶随风而逝。还不如随时准备肉搏的莽夫，命不挂在腰身，往深山更深的兽穴去，驯或被驯，不过是一趟人生里不同的结语，求一种粉碎于自己所抉择的意义内之痛快。造物对于人仍旧体贴，伞或不伞，寻或不寻，人终要埋骨于时间的巨浪里，永不能修改已出版的人生故事。所以，祝福孤独的寻兽者，祝福那些把自己浓缩成一行诗写在闪电交加的纸上的莽夫，八方苦雨正好煮了，温一壶除夕酒跟意义干杯。

就在排水堤内壁，青苔成朵成块地翠，这是我在雨季发现唯一耐读的句子，或许，就靠这些执着的苔痕才把破船儿似的人生粘住。新年快乐，受苦的母亲们，躲在人世的荒郊破庙，靠一点点体温想烘暖孩子的妇道人家，抱怨的话虽然想说，却早就口齿不清了。活着就是为了活下去，好也一日，歹也一日，总得过到旧土拢新冢的吉时，才敢谦卑地画个句号。青苔早就原谅了天气。

新年快乐，远游的孩子，那些在仲夏夜偷偷相约，用柔嫩的肩头挑了父母的担子出门营生的，这么一走连避冬的袄子也没带，落雪的时候有热汤喝吗？街头张贴的寻人启事显然你们没看着。如果想家，年三十一块儿回来吃年夜饭吧，沿路响的是年节的鞭炮，不是惊吓。

所以，刮几朵苔，拣几粒形貌俊俏的小白石，打算带回家铺盆栽。自从对人事的应对逐渐迟钝之后，开始用盆景安定不断骚动的灵魂。圆钵内一管葫芦竹牵着幼笋的小手；角瓶里一株五爪枫大大小小地击掌；至于那棵养在浅盘的榆钱树，老叶新叶交错，虽然币制不同，也相安无事。我与它们分享清新的空气与屋内的安静。只有在这时候才感到人生值得继续迷恋下去，人有人的去处与归宿，草树有它的姿态与芬芳，小石完成洁白，青苔有收容它的寸土。风雨四面袭来，随它八方散去，山川自有凄迷中的瑰丽。

只有这时候想再出一次门，买副春联，前门后院地张贴起来。

发表于一九九〇年元月

牧神的便条纸

"如果，叶片是牧神的便条纸，它们想告诉我什么？"

养成散步的习惯有一段时间了。早春的清晨或盛夏黄昏，沿着山坡小巷慢慢踱步，在浸入纷杂的案头俗事之前，或暂时推开构思中的稿纸，学习一只麻雀的步法，不见得为了啄食米粒，只是飞累了。

这座被遗弃的山庄在岁月的流逝中半梦半醒，依山势构筑，大约分成三段：前段人口密集，住民的年龄较轻，多是晨出夜归的上班族。开着小轿车，带回超市的冷冻鱼肉蔬果，再把家灯一盏盏捻亮了的。如果从溪谷往山庄眺望，看到三排昏黄、银白的灯光窃窃私语，那一定是前段人家的，不约而同到了晚餐时刻。

中段人家多是养老的。仍有数间楼房属于半完工的阳春屋，庭院堆着水泥包、废弃的竹架，白日看不到儿童躲猫猫，夜间若有游鬼前来歇脚，大概是明末清初留辫子的吧！住户拥有一小块庭院，各有各的花树，难得碰见出来散步的老人，偶尔听见谁家的狗颈上的铃铛，才稍能想象他们的呼吸。由于不对话，从他们院前走过，看茑萝开红花、山药的藤叶爬上铁栏杆，才知道他们曾在春日埋伏了什么。如果看到相隔甚远的两户，同时开茑萝花，则可以推敲，曾经有一家的老人上另一家说话，顺道摘茑萝种子，这些，大约也是一年前的旧事了。我无从知晓他们的现在，仅能在散步时聆听花木的唇语，逆溯他们的过往。时光静静地流过每一栋楼房，仿佛什么也不留下，又仿佛怜悯地憩息于茑萝藤、狗铃铛上。中段房屋有着佝偻的姿态，老人们没什么话好说了，随狗儿去串门，花藤铺叙昔日的繁荣记忆。我住在他们中间，寂寥之感日渐深重，不同的是，我属于每天收割，他们日复日曝晒。

穿过小巷往上走，一个回转之后，可以看见晾在前段、中段楼房顶楼上的衣服。我的晾竿也在其中，花衬衫、长裙随风飘摇，不断向我招手，仿佛我是一个狠了心、离家不打算回来的浪人。这样遥遥地与自己的衣服对看，霎时有些恍惚，不可置信它们曾贴紧我的肉体，随我沾染市尘，不得不换下来清洗的。走过的街道、停驻的咖啡小店、等待的人、交换的耳语都被清水漂净了，以至我遥望自己的衣服，记不得沾染过喜悦抑是悲哀。悲喜故事通过我的身上，有时跟不曾来过没什么差别。生命的奥妙也在此，极尽心力去抚触的青春与繁华，通过后却只剩模糊的幻影。连幻影也不易保存，暖阳又静静将衣衫烘干。

已是上段了。废弃的房子共有三排，依山势陈列，多是水泥柱、缺墙缺门的未完成屋。有些在附近工地挣钱的原住民，乐得住免费屋子，几年下来，离开部落的单身汉不小心也讨了老婆养了娃。据说他们每晚在废屋内生起柴火，喝啤酒，拍唱思乡歌谣。他们有一种特殊的族性，窜流在血液内，不是平地人或都市人能挨近的。同样共处在这一片山坡，前段人家朝九晚五地轮转着，说不上快乐也说不上不快乐；中段养老的富家们，无虞衣食，却整日等待生命靠岸，说不上不快乐也说不上快乐。只有上段听得到雄浑的歌喉，有时飘入我的窗。他们的白昼在工头的吆喝声中典当了，夜来以酒交欢、放歌报仇。说不快乐，其实还有星夜营火。

我习惯抄一条石阶走到上段，两旁尽是丛生的白芒，从秋连续了冬又滑入次年早春，隔开中段、上段，像白雪国界。就在石阶旁，不知何年何人种了一棵玉兰树，隐在芒草中，不容易发现。散步久了，才真正确定它是两疆的第一碑。已是盛夏季节了，它的长叶绿得快，陆续绽了几朵香花，俨然有一份权威感。常在回程时，坐在阶上小憩，俯瞰山坡屋宇、远处溪岸及金黄的落日。一切在霞光中闪烁着，又迅速在晚色里模糊，一切肯定，又不确定。我容易在昼夜交接的空隙迷惘，感触生命的肉身虽然分处各地，肉身的肩头永远有一副沉重的轭，愈走愈佝偻——就像前段的上班族群艳羡中段人家的富裕，中段老人眷恋前段的青春；上段部族梦想拥有自己的蜗牛壳，而我向往他们的营火——可是在灵魂的国度却永远平等，既不数算工钱也不考核轭的重量，一切都在时光流逝中，慢慢被回收了。

晚风吹动玉兰叶，一阵飞沙，仿佛牧神召唤他的羊群。我冥想叶片的语义，看远山的灯如宝珠般嬉笑着。生是如此喧哗，生是如此寂寥。如果玉兰叶是牧神忘了揉碎的便条纸，也许这样书写：

> 你们尽管到草原上啮食，
> 我以早月相约，当天幕悬起白钩
> 每一颗星子会数算人口。
> 你们当中担心茑萝的，交给冬风看守。
> 热爱歌唱的，我用烈酒封喉。
> 你们切记褪下肉身华裳
> 灵魂的国不需要晾衣竿。
> 忘了踩熄的营火，交给夜露吧，
> 我收集你们的泪，为了在星光下
> 教你们幻灭。

发表于一九九〇年八月

忧郁对话

種一竿竹，
給麻雀吹簫。

忧 郁 对 话

在夏日的咖啡小店翻阅李维史陀[1]《忧郁的热带》,其实为了避雨,顺便决定立刻展开阅读或让灰尘裱背一段时间再说。当书中李维史陀引自 Chateaubriand[2] (这人对我毫无意义,除了造成横式书写的不便以致怀疑他的父母企图用二十六个字母替他造名字之外!)的一段话来到面前,我很确定已经暂时遗忘《忧郁的热带》以及随时会来的雷雨。

"每一个人身上都拖着一个世界,由他所见过、爱过的一切所组成的世界;即使他看起来是在另一个不同的世界里

---

[1] 克洛德·列维-斯特劳斯,法国著名的人类学家、结构主义人类学创始人之一,一生致力于文化人类学的研究,对理解人类社会的文化、亲属关系、神话传说等诸多方面都有着深远且开创性的影响。(编者注)
[2] 夏多布里昂,法国 18 世纪末至 19 世纪初的重要作家、政治家,他的一生跨越了法国历史上的多个重大变革时期,被视为法国浪漫主义文学的开创者之一。(编者注)

旅行、生活，他仍不停地回到他身上所拖带着的那个世界去。"

多年前，有人带我到西部山区某一处他极为珍视的山巅，开始倾诉从童年起在此秘密度过的故事。或许酷热的密林令人易于幻想，在他催眠似的声音中，我神游数年前的东部海洋：那是个阴雨之冬，撑着破伞的我行走于沙滩寻找什么或等着被寻找。一只盘旋的海鸟从眼前掠过飞往陆地，稍远的小站火车划过，碎裂的声音像破碎的贝壳不刺痛什么，希望与绝望如海鸟不可捉摸。"在这里，可以看到一群蝴蝶舔石头！"他说，潮湿的沙粒粘着裸足，像肥胖的蛆爬满我华丽的二十岁。

"都是孤独的世界，无法探险。所有冗长的陈述就像此刻的雷雨敲打玻璃窗要求对话，而我却睥睨它过于潮湿的长舌！"我写在笔记上。然后回到《忧郁的热带》的第一页，李维史陀写着："我讨厌旅行，我恨探险家。"

发表于一九八九年八月

一 次 演 讲

"感谢你们坐在这里听我演讲。相信你们参加这次营队都是为了增加创作能力或结交有志之士，相互观摩作品，借以刺激成长。很抱歉，我知道的不如你们想象中的多，我仍然认为自己尚未起步，虽然经过十多年的摸索。如果这样的开场白不算打击，我要更诚实地告诉你们，我不认为任何营队的密集课程及任何一位作家两个小时的演讲能带给你们天翻地覆的觉悟。因为创作是一种自我觉醒的过程，所有外在的配备都不如从你内心底层发动起的颠覆力量来得可怕，而作品即是颠覆之后你所收割的内在风景，不管那是荒烟乱冢，抑或是关于可敬的绿色与可爱的红色如何交媾而宣告了果实。如果你仍不自觉地追赶作家的演讲或熟记他人作品的精句，我必须警告你，你很有可能逐渐失去体内的原创力量而成为他人修辞技巧里的奴隶。任何一种阅读行为，乃为了淬炼自己的解剖能力，能否剜骨剔肉，通过他人作品里布设的丛林、山崩等魔相而逼视作者在自我颠覆后未使用文字之前的那一幅原始风景——你拿自己与之相比,才有可能佩服他的雄伟或看透他的贫乏。我用这种手法阅读书籍、人生,甚至自然。如果你们之中有人听懂我的意思,愿意把这堂课花在阅读榕树与风的对话,或观察自己的影子在阳光下如何变形,那么,我很欢迎你现在就出门去!"

两个小时后,掌声从原封不动的学生中传出。主办者如是收尾:"我们很感谢'名作家'简媜带来精辟的演讲。本营队的目的就是邀请'名作家'为我们启蒙,让各位同学的写作更进步,将来都成为像简媜一样'成功的作家'。"

发表于一九八九年八月

传真一只蟑螂

亲爱的F：

自从信任手工的朴素与细致之后，很难再对机械产生依赖了。

我依然保持固执的脾气，像最后一位旧石器时代的原民以他的石斧为荣，拒绝学习枪支与弹药的奥妙——仿佛弑人也必须慢手慢脚地琢磨武器，才能表示对被弑者的尊敬。你不止一次规劝我，应该添购洗衣机、烘干机、微波炉或最起码的冷气机了。我的确也想到过，就拿今年最热的夏天来讲吧，下决心从银行提出款子冲进电气用品超市，选来选去无法相中任何一台冷气机，如果我告诉你，当我站在它们面前幻想其中一台将在我的密封书房里吐出森冷白烟，像对付太平间里的女体一般冷冻我时，你一定讥笑我神经过敏。后来买了一台立型凉风扇，得加水的那种。如果我再告诉你那台笨笨的箱扇运来后，我用红笔勾画说明书，谨慎地加水，插上插头,像猫一样远远躲开,看它吹动,再像鼠一样蹑手蹑脚拔掉插头,才敢放心地回到酷热的气温里写起稿子,你是否会不可置信地笑得大声些!整个夏天连风扇也不用的人,宁愿摇一把竹篾扇的人,那台箱扇很自然地站在墙脚,盖块大绸布,搁上野人似的马拉巴栗树。

像我这样的人,曾经过度纵容于手工时代农业社会的,不可避免地在形而上层次把机器当作杀父弑母的嫌疑犯。所以,宁愿在水槽洗衣板上,慢慢搓洗衣物,回到乡村时期女人家在河边洗衣的想象。亲爱的F,我仍然认为一个女人应该用她的双手很利落地把家弄得干干净净,而不是仰赖一大堆机器。因为在搓洗家人的衣服时,从受污的部位与泥水的分泌中,可以看到一个男人肩头的重担或一个孩子调皮的童年。我家乡的女人都有收集纽扣的习惯,常常见到她们一面折叠衣服,顺手从纽扣盒内挑一粒相似的,缝在衣服上。手工时代的女人,总是比穿衣的更了解衣衫的针线,而这些,是她们在搓衣的时候看到的。

F,你一定很高兴,在拥抱洗衣板与竹篾扇的同时,我居然去买一台传真机,这意味着我与机械的冷战情结有妥协的可能。的确,它让我兴奋好久。我打电话告诉装有传真机的朋友请求她随便传个什么东西来当作"开机大吉",她撕半块报纸传来。我非常紧张地电话过去:"烧焗了!怎么办,焗了吧!"她不得不写个字条什么的再传过来,当机器嗒嗒吐出白色舌头,赫然出现"你很无聊"四个字,我很高兴地打电话过去:"收到了,非常清楚,你是不是写'你很无聊'!""笨!我写什么机器传什么嘛,还用问!""……我,我怕它传错了!"

但是,F,有一天夜里,这台机器跑到我的梦境了。我想,很可能是连续几天在临睡前阅读说明书种下的苗子,再加上传真一篇文稿给报社,登出来时原文的"仍然会笑"变成"仍然会哭",我当下怪罪是传真机有鬼,这两件事加在一块儿编出了那晚的梦境:我正要传一封秘密的信给你,隔着不远,你站在你的传真机前准备收信,我们之间没有对话,各自站得很端庄。我的手上拿着几张纸,谨慎地喂进机器的嘴巴,而它也是嗒嗒嗒地开始咀嚼。就在这时,一只蟑螂倏地从机器嘴部窜过,没有被吸进去,可是我很清楚地看到你的机器吐出的白纸上,全是蟑螂的屎蛋,你似乎未察觉文件的谬误,理所当然地跟着你的传真机一起消失了。剩下我,以及那封亲密原件留在梦的最后。

亲爱的F,机械文明快速地规律人的生活,同时修剪手工时代人的情感触须,甚至思维模式,我们的内心或多或少都拥有可复制可影印的东西了,包括对人。但我仍然停留在农村时期,收集稻草,打一双草鞋,穿着它长途跋涉去探访我的爱人,所以无法很快影印一份感情给你。像你这么重视机械享受的人一定很难体会吧!梦中的你理所当然地阅读蟑蟑屎蛋，很令我难受，现实中的你，恐怕也多次误读我吧！

所以，这次，我不打算利用传真机传递这封长信，我想把原件给你，请你稍微想象一下这封信是连写信的人也无法保有的一封，像原始部落的族人褪下手上的银饰给你，那种唯一的仪式。

最重要的是，只有这法子才能保证你读到的绝对不是蟑螂屎蛋。

发表于一九八九年十二月

苦闷文件

傍晚自城市归来,心里眷恋夕阳照在一小块水田的美丽倒影,这是沉沦于泥淖的大都会时代所剩的最后一截华服。你在信箱的留言却像一只掉羽的鹭鸶,连啼声也皱了:"来访未遇,沉重的心情更不愉快,拨个电话吧!"

虽然只有瞬间视觉,但足够沐浴这一日眼睛的尘埃,有些东西醒了,如孩童时代被一条放荡的小河勾引去裸游,被火红的日出诱拐去追逐,有一股未知的力量不断吸引我去阅读人文世界所没有的诗篇。当童年结束必须走入社会课堂,我的生命已经有了支撑。不管社会课本如何艰深晦涩,我心里一直有一个住址,去投递极机密的苦闷信件,夕阳照在一小块水田的美丽倒影,我知道那是从另一个世界拍给我的祝福小笺。

你的留言使我不放心,仿佛在快速旋转的球体上死命抠住球表的人,不肯松手又无力攀爬!我们的生命源程非常不同，你是自小被都市文明豢养到了溺爱地步的人，这是你背后的支撑。如今已届中年，开始对这根支撑感到不舒服，但仅止于质疑，你根本没有能力换掉它，它是你唯一的架构。

我拨了电话，录音机说："现在是礼拜天上午十点，我出去打发时间，有什么事情请留话……"讯号声之后，我录下："现在是礼拜天晚上八点，我是你打发时间的站牌之一，你忘了把不快乐的文件带走……"

今天的你，一定像圣诞老人背着礼物袋，走在春季末的城市街头。只是你的背袋内装着苦闷文件，散发生命拮据的消息。那么，此刻的你，在哪一处酒屋铺设每日例行的盛宴？阔谈哪一桩值得批判的社会新闻？邂逅哪一群与你呼应的族人？当这个社会被巨大的苦闷锁住，警敏多感的你，总是积极投入所有可能译码的活动里。你时常在申述乏味、苦闷的都会生活之后又热烈描绘新鲜玩乐及疯狂的夜宴。我逐渐了解，你注定永远被锁，因为你借以抵抗苦闷的武器与造成苦闷的因由是同一处来源。就像你背后的支撑，白天棍头朝上，夜间朝下，同一根棍子，你不可能用棍头打击棍尾。而我更确定，你无法更换背后的恶棍，它是你的脊椎了。

不止一次，你邀请我加入你们的集团。我很难让你理解，在我的生活里已不需要寻找同族支援去解决苦闷或孤寂，就像你永不能体会，为何我过着太古遗民的生活，蹲在城市边缘做个观察者。我们之间除了问候语，的确缺乏共同语言。

你每回来访,像参观出土的卑南文化遗迹,终于频频看表急于返回你的时间。是的,同样的礼拜天晚上八点,我有我的时间,你有你的时间。当我在春天的月夜,坐在案前思考所谓的"苦闷",你与庞大的"苦闷"族群正在繁华的都市中心借文明的欢乐道具举行仪式,齐诵祭词,解脱束缚,分享牲礼。在打烊时刻,又一齐将棍头朝上,准备上班,以换取另一个狂欢之夜的资本。

每个人都必须阅读自己的苦闷文件,同时自我治疗背后那一根发炎的脊椎。所以,亲爱的朋友,我无法代你回答习题,如果你一定要偷看答案,只好告诉你:夕阳照在一小块水田的美丽倒影。

发表于一九九〇年四月

处 方 笺

不知从什么时候开始，出现那种动作，赶紧掏出笔记本，拔了笔套，记下某家诊所的住址、电话及大夫名字。有点像参加大考的学生，遇到高人暗中泄题，虽然不保证什么，但陈述者斩钉截铁的口吻真像报喜的探子。这样的窃谈引起其他人注意，投来狐疑眼光，带着难以启齿的尴尬交代原委，没想到对方的耳朵竖了，也要一份，小笔记本撕撕写写瘦了半册，原来，都到了校对肉体的年纪。

对从小带着小病痛哼哼哈哈长大的人而言，半年个把月拎着肉体去见医生，不过是白斩肉蘸酱油的程序而已，病已成为一种伴奏，像千金小姐生命里的小丫鬟。可是对身强力壮、从不串医生门子的人，忽然发现枕边躺了个小丫鬟，走到哪儿跟到哪儿，不免慨叹生命与青春逐渐退逝的事实。虽然，小丫鬟只缠着头部、胃部或背部，无碍于白天在会议上慷慨激昂或夜晚啜饮温柔的酒、谈点小恋爱，可是一想到她正哀怨地在身体的某部位打毛线等你早日归家，狂欢的兴致软了,还是早早带她回家躺下,比较负责。

这种转变的确影响生活,甚至以铜墙铁壁建筑起来的生命城堡,也发现渗水落漆的痕迹。年轻时,仗着蛮牛本钱,积极追求形而上世界的圆满,如果有人在聚谈知识、争辩真理的圆桌上提早离席,只为了上医院看病,几乎要为他的生命默哀。当自己也到了按摩太阳穴、轻捶膝关节的地步,才知道那段岁月是多么宝贵地散发生命纯粹的光芒。那时的寂寞与孤独被允许无限度扩大,因为有坚强的肉体做依靠,寂寞与孤独也染了生命的光,变成美丽记忆。当肉体开始倾圮,发出剥落的杂音,想要检视半生挣来的荣华,像黑夜里鉴赏宝石,分不清真伪了。

什么时候开始留意医疗常识及各大医院权威医生的名字,事不可考,青春已经消退是个实情。与其说惋惜,倒不如说借着这种发现更接近生命的真实。仿佛刚下过雨的秋天黄昏,坐在公园椅,看见附近的楼房与行人都笼罩在飘忽的余光里,自己的倒影也浮贴在水洼上。这时候的心境,需要加件外套了。

离雪封的冬季还有一段时间,处方笺与药罐已经需要清个抽屉,让它们中西合璧。某一天想起来,带旧笺去找那位老中医,才知道医生出远门,到永远的雪国落籍。

发表于一九九〇年七月

寂寞像一只蚊子

虽然把纱窗关得死死的,室内一日一回洒扫干净,还是看到蚊子优哉游哉打眼前飞过。

通常只有一只。急忙搁下手边的事,随手卷了纸,戴上眼镜,四处侦察,发现蚊子停在悬吊的灯叶上,蹬个蹦,挥动纸卷,猴儿样,蚊子优哉游哉一路飞进卧房,看来不像被我震走的,是它自个儿散心去的,更伤人自尊。卧房里衣橱、书柜、床榻都大剌剌地摊着,也不知道蚊子躲到哪件衣衫裙裾里?常爱穿黑,这贼一定钻到黑色里。随手关上卧房的门,算是将它软禁了,回到书桌前,才发现手上的纸卷是正在撰写的一张稿子,墨汁未干,标题与首段文字相印成"寂寞像死死打只蚊子",这题目有味儿,耐嚼,可是不宜采用,难道还需要一只蚊子来修改我的标题吗?

我重新铺好稿纸,把能用的字儿给搬过来,那张稿子随手揉成一个小胖梨丢到字纸篓里,我开始思索"寂寞"这个问题，脑海里浮现一连串的画面，有的甚至荒谬怪诞，看来都不宜落笔。到底寂寞是什么？忽然非常模糊，我沮丧起来，像罹患健忘症的人对着镜子却叫不出镜中人的名字！又开始玩起猜谜：寂寞是什么？它可以吃吗？会不会缩水？会不会沸腾？每个人都有吗？它是一种癣吗？它会传染吗？把它放进咖啡，会溶解吗？假如一个寂寞的人跟一个不寂寞的人在一起，是寂寞的人变成不寂寞，还是不寂寞的人变成寂寞？一个人的时候容易寂寞，还是多数人的时候？它是不是数学名词？寂寞开根号等于多少？寂寞的 N 次方还会等于寂寞吗？

远古太初，第一个发现寂寞的人是谁？他在什么状态下发现的？也许是在河里猎鱼，没猎着，忽然看见一条鱼甜甜地睡在水里，动也不动，他使劲用力一刺——原来被水光浮影欺骗了，刺到一只肥肥的脚板。那种痛到骨头失散的感觉，也许就叫作寂寞。（这么说，寂寞带了点痛！）

或者，在旷野上，被一头野兽攻击，他徒手搏兽，一身肌肉乱蹦，龇牙咧嘴，汗水奔窜，好不容易把猛兽治死了，自个儿的心窝也捣了个穴，血，大碗大碗地流，他仰望美美的蓝空，想一小段儿心事："好可惜哟！不能把兽扛回去！生柴火的女人们，眼睛守着莽草路，等待莽草摇啊摇啊动起来……"这时，他流了一滴泪，长长地叹出最后一声气息："啊！寂寞……"（寂寞与绝望孪生，我想。）

也可能是女人发明的。某个燠热与冷酷交流的夜，在栖身的岩穴内，欢爱之后，鼾声把空气吵得更躁。女人睡不着，听到远处传来断断续续的狼嗥，她爬出岩穴，赫然看见一轮惊人的月盘，晶亮得带了杀气，流动的光芒将四野照成覆雪之草坡、银铸树林，也将她爬行的裸体烘烫了。她那无人探测过、莽林一般的内心忽然悸动起来，惊觉到夜半的狼嗥实则是她体内分裂的声音。她艰难地撑起身站起，在银白的月芒之下，骨与骨撞击、血与血冲激，她咬牙忍住体内一万匹饿狼被芒剑一一刺杀的痛楚，直到夜野堆满了银色的狼尸，而她不再是喝血蛮民、噬肉的人兽。岩穴之内，鼾声将蔽体的兽皮与搁首的石枕煮熟了。她俯视熟睡中的男体，幽微地发声："无知的兽……啊！寂寞的人啊！"（寂寞是从蛮荒蜕变之后，再也找不到同类的孤独之感。）

我打了个冷战，老实说，不喜欢陷入如此惊怖的想象中去推敲"寂寞"的原始字义，并且开始后悔答应写"寂寞"这类跟自己犯冲的鬼题目——我正在学习过快乐生活呢。下决心取消这次邀稿，杂志社那头响了二十几声空铃没人接，白日花花怎么着不上班？都猎犬一样出去搜"寂寞"这只臭袜子了吗？忽然想起今天星期日，他们必定窝在家里过美日子，我吃味起来，为什么大好天气我得绑在书桌前写"寂寞像一只蚊子"这种乏味文章？

蚊子！

我想起那只蚊子,差点忘了,它是怎么飞进来的?

从早晨到现在,只开过几次门:取两份早报,上市场,中午下楼取挂号信,大门虚掩了一会儿,蚊子就进来了?会不会是下午来访的客人留下的?蚊子躲在衣领里偷渡进来,人走了,蚊子忘了走?每种可能都无从查证,蚊子打我眼前飞过是个事实,我真嫌它,但不能找人抱怨:"看你留下什么好礼物——一只蚊子!活的!"这责词不够理直气壮,恐怕对方怀疑我患了都市忧郁症,或是独居太久染了洁癖。除非生活在真空管里,否则拒绝不了蚊子。可憎的是,把蚊子带进来的客人,通常不会被它叮到。我感到无趣,"寂寞"的稿子理不出头绪,蚊子也不知道躲在哪里?

决定吃晚饭、睡觉,一切明天再说。

半夜,被蚊子的声音吵醒,我确信就是那只蚊子。

正在进行一些梦,随着情节远走高飞,我在梦中尽情地野,抛弃现实之桎梏,甚至不记得曾在现实世界存活过。说真的,这对时常在生活中感到疲倦与反感的我而言,实是美妙的解脱。忽然,细微的嘤嘤声绕耳不去,非常粗鲁地插播到梦境里,梦开始摇摇欲坠,人物与场景失去控制,立刻像战乱中奔窜亡命的人潮。我眼见梦境崩塌,丝毫无力挽救,意识跌入梦与现实的两岸之间颠荡即将溺于险恶的深渊,我开始知道梦已瓦解而现实的涯岸遥不可及,在非梦非现实的罅隙中痛苦万分,我奋力挣扎,使尽全力迎头撞向现实记忆建构而成的铜墙铁壁,终于跌到床榻上,进入那具使用了二十多年的瘦弱女体内睁开眼睛。美丽的梦永远消逝了,有一种哭泣的感觉充塞胸臆,永远消逝了,毁于一只蚊子贪婪的唇齿声!从来不曾像此刻一样,对一只蚊子萌生杀机,带着复仇泄恨的决心。但,室内阒寂无声,除了我的呼吸。

捻灯,凌晨两点多,闹钟里,三支针被关在圆形的旷野上互相追杀,也许是头痛的缘故,竟然觉得时间非常残暴。在这种胜负未决的时刻,所有的生灵都应该乖乖躺在他们的方块积木上假死!我感到有一条血管像鞭子一样正在抽我的脑袋,这使我更加认定,活着其实就是一种假死,被关在时间竞技场内观赏时针与分针、秒针的比武,等待终场胜负,鼓掌之后离席。而事实上这是一场永无止境的欺蒙之戏,恶意的愚民政策。如果,此刻我是唯一揭穿骗局的人,我的下一步是什么?颠覆非睡即醒、非梦即现实的逻辑吗?抑或,在认清真相之后也难逃这些游戏规则?我不确定醒过来要做什么?我不确定我真的是谁?昏黄的灯光把四周象牙白的墙壁映照得像腐旧而荒凉的幽冥废墟,我所寄居的这具女体自从罹患严重的散光视障之后,使我看到的景象无时不在扩散,此刻尤其浮动得厉害,这产生一种错觉,我以为自己正坐在不冒泡的水族箱内!壁上悬挂的空衣架,看来像一个无知的"?"掉入丑陋的"△"中不能自拔,这道用来诅咒人生的鬼符使我头痛欲裂。吊在窗钩上,一个布制的小男童宛如悬梁自尽，他背对着我，头部一片空白，像没有脸的小孩，满腹冤屈地对我控诉，仿佛我曾是一个邪恶的母亲，拿毛巾拭他的脸而用力过猛，把他的五官抹得干干净净……我感到全身布满冷刺，竟开始颤抖，我怀疑自己身在何处？在梦的黏蝇纸上逼视刻意被自己遗忘的前世罪恶？还是在一片叫现实的剃刀边缘预设即将溅身的血腥？我呆滞地凝望一壁堆砌整齐的书册，希望寻获任何一丝温暖的记忆带我脱离恶地。那些不同世纪与国籍的作者曾以文字为灵媒与我亲密地交谈过，我贪婪地再次呼唤他们的名字就像干渴的小鹿寻找溪水，而当我发现镌着我的名字的一排书册正冷冷地取笑我时，再也忍不住哀哭起来："没有希望了！没有希望了！一座灵骨塔而已！一块块墓碑而已！"

就在活着的自己与死去的自己辩论哪一个才是恒真的时候，手臂被吮出一块红肿，蚊子！

一定是蚊子！

那只害我几乎崩溃的蚊子！

我确定自己完全清醒了，手臂上热辣的痒意比什么理论都真切，在脱离恐怖氛围之后，等着暗杀一只蚊子的念头大大地振奋了我。象牙白的墙壁非常适合观测，我框上眼镜，看见它停在天花板上，又迅速飞绕几圈，企图甩脱我的目光，当然，它万万料想不到，夜半无声，蚊嘤好似一架轰炸机！我坐在床沿，一动也不动，故意抨高两袖，好让体温迅速扩散，以人血的甜腥美味刺激它的感官。果然，它贼贼地朝我飞来，停在被人气烘暖的墙壁上伺机放针，我仍然不动，悄悄地以掌贴着地板，消灭手温，慢慢竖掌，移近，屏住呼吸，拍壁！移开，白壁上溅出一摊鲜红的血，掌心也染了一颗朱砂痣，它确死无疑。我狞笑起来，一只吸吮我的鲜血维生的蚊子终于死在我的掌心。血渍渗入白壁，拿抹布使劲擦拭，总算把蚊印灭干净。继续睡。

躺在床上，了无睡意。我真的打死一只会飞的东西名叫"蚊子"吗？既然失眠，干脆回到书房揍扁"寂寞"那篇稿子？如果"寂寞"会飞、会流血，事情就好办多了。这个念头振奋了我，赶快在原稿上续笔："寂寞像一只蚊子，滋生在自己体内的，深更半夜才飞出来报仇……"

我始终没把稿子写完。打算天亮以后，挂电话跟杂志社编辑说："打死一只蚊子，算是交稿了。"

发表于一九八八年八月

背起一只黑猫

困惑通常踩着黑猫的步子,埋伏在人生道旁的草丛里,等待暗夜行路的人,猛然抓住人背,引起一阵尖叫。

水银灯照不落猫躯,风刮不掉猫腥,被附体的人仍然白日花花中走路,可是影子重了、背脊驼了。平日害怕闻到鼠骚,偶尔与狼犬错身,背猫人也会打莫名的寒战。提不动慧剑,理不出乱麻,这是背猫人的通病,就算一球好端端事理交在手上,也会玩得乱丝缠身,只好趁夜下无人喵喵地干号。

人人背后都有一只黑猫。有的柔顺,有的残暴;有的体轻如一片枯叶,有的肥硕似虎。没有人喜欢自己的猫。

虽不喜欢,既然猫成为背上一块活肉,由不得人不犯疼。懂得驭猫的,鞭它、吼它、更狠的三天三夜饿扁它。这头黑贼不吃罐头猫食,它爱喝人泪像饮餐前白兰地,吮吸红血如品尝罗宋汤一般优雅,撕扯人的意志,甭说像撕裂小面包样以优雅的手势。若由它一天三顿点缀下午茶兼消夜,不必多久，吃得生命破产、骨头被剔得闪闪发光。懂得治猫的人，偏不上它的道儿，有伤补伤，有洞堵洞，让它无处下爪；该泪流满面偏春风拂脸，叫它渴毙；该失路狂奔偏行云流水，叫它崩溃。如此练就一身铜墙铁壁功夫，猫爪再尖利，遇上铁皮也成了毛边爪。这瘪猫挨不过，倒地自毙最好，若属九命猫精，一时三刻甩脱不掉，当作披一张猫皮御寒也凑合着罢。就怕治猫的人心肠软，遇着鸡毛蒜皮掉在路上，也会触景伤情舍几滴涕泪，更别提看到耗子过街惹出身世堪怜之叹的，这就麻烦透顶，背上那张猫皮得了涕泗濡沫，它活了、精神了，顺道拉一窝猫崽子，母子天伦乐晕晕还招了情夫，这回想治猫难了，它们在你背上写家谱了。

有些人干脆被猫统治，当顺民，渴了挤泪，饿了捧血，伺候猫像伺候皇帝王子一般。这种人一看就是太监脸，也没啥稀奇。猫要是说："你爬爬，今儿个想骑木马。"这人驯良极了："我的小祖宗，您坐稳！"他屁股还不敢颠大呢！猫咪若说："好心人，咱们今晚甭睡了，你陪我兜圈圈！"他两眼如悬珠，绕圈打转，求猫的欢心。更要命的是，闲极无聊，猫撒娇了："你还不够忠心呢，你忠心，你把心掏出来我摸摸是冷的是热的！"真掏啊！天底下就有这等"君要臣死，臣不敢不死"的胚真把心给掏出来。猫怎会稀罕人心冷暖，还不是下一道圣旨，一碗扑通扑通红汁豆花赏御花园那条獒犬！

困惑，总是踩着黑猫的步子，躲在人生道旁的草丛里。

我的背猫记录，跟小女孩背洋娃娃一样稀松平常。"四十而不惑"是句名言，将近而立之年，照说"惑"已去了四分之三，可惜人生的度量衡没这等便宜。古人命短，四十岁增值到今天总有八十行情，今人需八十岁才能不惑，那得老天得了白内障让我活过八十，才可能尝到不惑的滋味；若属英年早逝，一生都是惑了。

困惑如猫，背过的大大小小肥肥瘦瘦雌雌雄雄之猫亦不可胜数。日间揪心攒眉，夜来噩梦缭枕，都算轻微症状的；至于临崖探脚，挂绳仰颈，也不是没想过，只是胆小没做罢了。

我的背猫本领倒是与人不同，从外表看不出。脾气硬的人，脊梁骨较能吃重，愈是大肥猫趴在背上，愈装得体轻如燕，谈笑风生。等到关门闭户掩柴扉，确定四下无人，则哄猫、骗猫、打猫、掐猫、翻筋斗甩猫，最后提剑、削背、斩猫，这招跟南泉和尚学的。

小惑去，大惑来，猫猫相生。

别以为斩猫了，从此高枕无忧，那把剑不但不可以入鞘，更要时时淬其锋利。等到夜深不寐，空气中魑魅魍魉飘游，想起前尘往事，哀然而叹，翻个身，不折不扣臂弯里搂进一只黑猫，猫须哈得脸痒，叫也不敢叫，怕扬散一棉被的猫腥。此时需冷静，一手搂猫，一手掌剑，学猫的身段，猛然刺入要害，断念驱邪。在我看来，愈是上了岁数、知识庞杂、阅历广博的，愈是猫的天堂。

我背上的猫们，有一只特别凶。

它是第一次爬上我背的小猫咪，当童年时首次进入丧宅，我就被它缠上了。

那是村里一位缠小脚的伯婆，我对她生时的印象只剩下一张庞大的黑裋剪影，在空气中慢慢摇晃，有时在河边，有时飘到菜园旁，忽而蹲在我家灶头前，伸出皱褶指爪烤火，她讲话前先吐痰，一口没牙齿的烟痰。

她忽然死了。

随母亲去祭拜的路上，她警告我进了伯婆家里，千万不可嬉笑。我的嘴里含一粒五彩糖球，模糊地答应她。

灵堂里，跪拜的女眷哭得惊天动地，我也跪着，但不敢用力吸吮糖汁。母亲忽然变成另一个人，她从来不曾哭，用那种扯碎心肝的声调。有人拿一顶素纱头巾戴在我头上，一定是那顶素纱惊吓了我，好像一块无法抵抗、不可掀翻的巨大岩石压萝卜干一样镇住我的头颅。我闻到燠热的屋子里女眷们夹杂汗臭泪咸而散出的一股馊味，听到愈来愈凄厉的哭喊，看到烛火摇曳、纸烟弥漫，及那张过度放大的黑白照片——她抿嘴瞪眼坐着，大块黑裋上露出一截白手爪擒着一条白手绢。我被吓哭了，以沾着糖汁的舌头舔死神的手背。

日后，当亲戚赞叹小小年纪即能对伯婆表示孝心时，我知道他们都误解了一个小女孩的哭声。死亡的困惑已成功地借助伯婆之丧在我身上结巢,我尚未玩耍生命游戏,已被强迫背起一只黑色猫咪。

背着黑猫的童年仍然继续长大,玩跳房子,牢记小朋友的乳名,但害怕一切静止的东西。一张黑白照片也能引起我的慌乱,就算知道照片中人仍然好端端活着,那永远静止的绽着笑容的脸像一个无辜的人被囚禁在方格内,却不知道恶灵已准备烹煮他。有时走入早已荒废的农舍,空气中振动的竹叶声,仿佛一群小鬼窃窃私语。他们会朝我丢石头,石头就是被吃光的小孩的骨头,他们用利齿咬烂孩骨像大人们嚼碎鸡骨、吮髓,随地吐骨渣一样。我常莫名地奔跑,跑到稻田中深深呼吸,仰望洁亮的云朵与蓝空,吓冷的身子才得以暖和。我开始说谎,以笃定的语气向比我更大的孩童叙述一幢恶宅的大稻埕上堆满小孩骨头的"真实故事"。他们基于夸示阅历居然同意我的故事,并声称在另一栋废农舍里也有人看到相同景象。他们的背上没有猫,吹吹牛无伤毫发,我的想象一旦被视为真实,那只黑猫的道行大增。它开始利用我的想象惊吓我,把我囚禁在黑暗的牢狱里,当经过一座刚下过雨散发潮湿草腥的墓域,当熟睡中的亲人摇晃不醒,当路上一堆烧成黑灰的稻壳在阳光下闷出浮烟像一头曝日黑猫的呼吸,我仿佛可以摸到牢狱的四周墙壁,一夕之间长出厚厚的猫毛。

猫使我孤独,远远站在亮丽人生边际的一块孤崖上,看尘沙滚滚，看我亲爱的人夹在人群中游走，而我过早地为他们即将被利爪穿心的悲剧而哭。

我恨这只猫，它使原该在口袋里装满糖果、玻璃珠的童年变成背猫岁月。如今，恐惧之心淡了，但死亡的困惑仍像一条猫纹丝巾搭在我的肩上，只不过随着心境转变把它当作装饰。过去的，永远静止，无法跟老天讨价还价，要它归还被猫糟蹋的岁月。或许，应该反过来感谢这只猫，在它变成一只贪婪的大肥猫，顺道孵一窝猫仔一起吮吸我的生命前，知道该清醒而透明地看待人生道上的悲欢生灭，应该数算自己的时间。这只猫也暗示我，人生好比流水漂木，有理由千军万马地为所挚爱的人事，向风沙挥戟；也有理由当一切崩圮之时，杯酒碗茶之间含笑释然。

背起一只黑猫，或三两只。其他的小猫咪都是乖巧的，被我扔回草丛还呼睡的笨猫。如果有朝一日，它们又回到背上窝成大猫，我打算用伯婆的方式，在叙述它们之前先吐一口痰。

发表于一九八九年八月

寂 寞 的 冰 箱

"这些贴纸都买不到了!"他蹲在冰箱前面,抠掉一只瞎眼的大狼犬,黏胶死咬着冰箱壁,那狗仿佛不想走。

他随父母回台度假,异地一年半载,原来孱弱的身子被调教得抽芽,那种冒法非常危险,高瘦得不见肉脂,恨不得长大成人似的,可是神情仍然是十来岁小学生,他抠大狼犬的手势就是个孩子。

四年前,她打电话给我,需不需要冰箱,有两台呢!虽然旧的,性能仍然不错,丢了也可惜。她离婚时,带出来一台冰箱,再婚的这位先生,也有一台,都是小型的。他们新婚,按习惯重新购买家具,仿佛旧物染了过去的伤痛,不宜带进新房。新的已经来了,旧的未去,分外显得棘手。我交的朋友三教九流,人生的情节在他们身上忽起忽落,不知不觉清出很多沙发、电视、床、冰箱或者画眉鸟、小狗狗。我充当不设店面的跳蚤商十分老到，几通电话觅得新主，顺便叫合作密切的"神通货运"，一路东西南北把货送到各家，每户酌收运费若干，宾主尽欢。朋友们互不认识，只有我清清楚楚谁家的电视纳谁的眼睛，谁的冰箱吃谁的啤酒。

其中一台"大同"牌的，给了一位单身汉，从北投搬到汐止，我连冰箱长得啥样都没见着，他倒是兴奋地在电话大叫："天啊！你该看看冰箱，全是贴纸，我连把手都找不到啦！"他希望知道这些贴纸是怎么回事，他的朋友来家看到冰箱，莫不取笑这位留美学人、年纪一大把的男子汉，搞童心未泯的把戏是否潜意识里有什么秘辛？他一遍遍解释，愈说愈糊涂："我的朋友简媜的朋友的现任丈夫与前妻生的小孩贴的。"人生乱如麻！要命的是没人肯相信。"算了吧！偷生的小孩贴的吧！叫他出来喊伯伯！"言下之意，我与他有什么暧昧。这下我火大了："警告你那群乱嚼舌根的，再瞎掰，我租流氓揍人喽！"

头一遭，回头打探冰箱的故事，跳蚤商也得交代货物的沧桑史，非常具有人道精神，仿佛这一家的人生情节得随货送到另一家才算功德圆满。每样东西之所以被选中又被丢弃都有艰难的理由，尤其家具，曾经承受一家的甜蜜，又默默见证灰飞烟灭的终局。人事伤心，物件没理由继续存在，或丢弃，或转赠，说不定从苦命鸳鸯跑到欢喜冤家的手里。我一向谨记跳蚤商的操守,不说穿货物的身世,除非旧主飞黄腾达,属"欢喜抛弃"这类的。实则而言,人生无喜剧,货物身上多的是斑驳记忆。碰到好奇的新主,打探货物隐私的,我若有好心情就编一席合家欢的谎话哄他们,若心浮气躁,就直截了当:"沙发就是沙发,坐就是坐,把你们小两口坐肥了,换套新的,爱扔不扔随便,问那么多,烦!"

十三年前吧,朋友的现任丈夫在台北工作,他的新婚妻子住苏澳,夫妇两地奔波,一周聚一次,不久,生了儿子,仍然南北分离。至于为何如此,则有不得不的情势,人生实在没啥道理可说,当事人既然拗它不过,听者也就认了。刚做爸爸的他,买了这台"大同"冰箱安在苏澳,专冰些婴儿食品、奶瓶之类的,母子身体都不好,渐渐又冰进补药、秘方之类的。这冰箱打从插了电,肚里就不像个家,一般新婚家庭的鸡鸭鱼肉、奶油、隔夜菜、水果、布丁、养乐多,它全没尝过,成天一股中药味在肚里打转,仿佛它也是个病胎。几年后,小孩三足岁了,做母亲的又怀了第二胎,总算迁到台北,冰箱也牙牙学语住在一块儿,眼看有像样日子了,怎料难产,连人带婴冷在手术台上。医生管不了的事儿,葬仪社管得了,买副棺材装进母子一铲子埋了,可是活着的老父幼子谁来管?活生生的日子比什么都可怕,一个等老,一个等大;一个希望老得慢一点,一个想要长快一点!父子俩抹泪搬了家,拖着那台冰箱像牵一条忠狗。

失娘的孩子在保姆的巴掌上流浪,换了八个欧巴桑最后回到自己家里,谁都不爱带调皮孩子,同样价码换个爱睡觉的多省心。漫漫长日,孩子学会从幼儿园回来自个儿掏钥匙开门,打电话给爸爸:"回家了,再见!"学会开冰箱找点心,打电话给爸爸:"吃完蛋糕了,再见。"学会含温度计,打电话给爸爸:"没有发烧,再见。"傍晚时分,学会看卡通,支着耳朵听巷弄口传来男人的脚步声,爸爸带回晚饭便当及贴纸。

贴纸,五形的新奇世界:玩球的猫咪、啃红萝卜的小白兔、飞跃的狼犬、穿披风的米老鼠、吸烟斗的顽皮豹、唐老鸭踩着大脚板上街给小鸭仔买生日礼物……每一张都是纸,附了背胶,仿佛撕开时,它开始呼吸,有了心跳,贴稳了,它就开口欢呼:"这是什么地方?这小孩是谁?"他要求爸爸多带点贴纸,而且不能重复。

当做父亲的穿梭各文具店搜购新颖贴纸,有一个热闹的世界在孩子心中成形,他似乎不满意把贴纸零零星星贴在书包、铅笔盒而已,遂违反那年纪孩子喜欢将私有玩具带到学校展示的习惯,他看中雪白的冰箱外壁,将贴纸井然有序地贴上去,仿佛替它们找到家:猫咪的邻居是唐老鸭,兔宝宝啃的红萝卜是大狼犬家的,上千张大大小小的贴纸完成一座热闹的社区，孩子以想象给自己造一处乐园。现实的童年寂静无声，他像个隐形人随时进入乐园摸摸小狗的头，揪揪兔耳朵；那世界既是动物的天堂，也是突击战士的丛林、无敌潜水艇的海洋，满足孩子的英雄幻想。他们也过节，红袍的圣诞老人背大布袋，每天都是圣诞节，每个生命都领取礼物。现实的节日里，有人送水果、中秋月饼，他把"信州苹果""莲蓉双黄"贴签也送到乐园，那些可爱动物也分享红苹果与月饼点心了。

"百分之百纯棉，S、L是怎么回事？"我问他。

"爸爸跟我的内衣贴签嘛！"

他把父子俩的身体也送进去，像个大家庭。可是仍然缺少女主人，他上哪儿找妈妈的衣服贴签？

"你看，这只狗长大了！"他蹲在冰箱前，指着下壁一角，果然黑茸茸一只大狗。我沿着他的指头看，才发现从上到下埋伏了一条狗的成长历程，虽然形体各异，可是他认为同一条，那神情仿佛是他养大的，一直朝他撒娇。

那台冰箱变得重要起来，所有的功能挪到外壁，像个不说话的胖保姆，肚里是零摄氏度以下，表皮肤却泛着红润。孩子的小手在它身上摸摸索索，把自己拉拔大了，全然不在意躺在遥远墓域的母亲还冷着一团心事，父亲窝在红尘里核算两人的前途，老花了眼。

冰箱在单身汉家住不到一年,他娶得如花美眷后,转手捐给新成立的公司,专门冰些馊了个把月的便当、烂西红柿,一拉门,腐臭味儿冲鼻,像闹病的肠胃。没人清洁它,大半时间就冰它自己,一粒小柠檬纠成小骷髅头,活活饿死的样子。我看它怪可怜的,外壁贴纸经年吃了水气、灰尘,渐渐模糊,横尸遍野像淹过水的天堂。我出了个价,若他们换新冰箱,不妨卖给我。跳蚤商干这种事还是头一遭,货物出门都是赠送的,我却兜了大圈子买回自己身边,算盘颠倒拨了。

它跟着我,日子不见得舒坦,一个单身人家,常忘记吃饭这档子事,光会买菜,塞得满满。它的胃没空过,想必也不是它要的家庭味儿,十来年的老式冰箱在人间流浪,居然没出毛病,大概还在巴望甜蜜家庭的烟火吧!

朋友一家来度假,男孩进门瞧见冰箱,乐得像见了亲奶奶,数遍贴纸的来头。他长大了,冰箱老了,可那些贴纸仍守得紧紧,仿佛一起等待总有一天小主人回来探望它们,摸摸它们,冰箱等着一个家。

个把月时间,一家四口(包括我)过着四菜一汤的日子。扶箸之间,恍若置身荒谬的梦境:朋友够当我妈了,却昵称我"小妹";她的先生长她一轮半,却又夫妇鹣鲽;而他老年得子,夹菜的手法像爷又像爹;男孩忽然喊我"姨"忽然叫"姐",搞得我头疼。人生无喜剧,各从悲凉的废墟走来相会,围着餐桌吃饭,竟浮起欢乐的光。如果不挑剔,倒也像一张从图画书撕下来的甜蜜家庭。当我们餐毕,一个洗碗、收拾剩菜搁冰箱,一个切新鲜水果、准备小甜点及晚间咖啡,两个男的在客厅阅报、看电视,十足是小学课本的美满家庭,能多久,是多久,不问上下文了。

第一次,我觉得自己是只成功的跳蚤,好歹弄来一张快乐的贴纸,宠了冰箱。

又记:半年后,另一位朋友挂电话:"买房子了,家具全部换新,有一台大型'惠而浦'冰箱,你帮我处理一下。"我即刻想到另一对夫妇家里的中型"国际"牌冰箱似乎嫌小了,平日找不到汰旧换新的动机,若不嫌弃,就太子换狸猫。电话中量好冰箱尺寸,旧爱新欢一切没问题。忽然问:"那我家的'国际'牌怎么办?""还怎么办,新欢入门,旧爱当然丢啊!""可是还好好的,很可惜,给你要不要?""我要你个头咧!一个人养两台冰箱神经病啊!""那你帮我处理一下。"我火速清查闲杂人等,有一位刚出社会在外赁居的单身女性缺冰箱,可是空间仅能容纳小型的。我灵机一动,既然太子换狸猫,干脆狸猫再换公主,把"国际"给我,我的"大同"给她,货畅其流。挂电话给"神通货运":"请你听好，这次技术上比较复杂：你到南港载'惠而浦'送到松山，跟他收五百元，把他家的'国际'送到我家，我给你三百元，再把我家的'大同'送到木栅，跟她收两百元，有没有懂？"

大功告成后，木栅的打电话来："天啊！吓死人，怎么那么多贴纸！谁贴的？""不准跟我提贴纸，我头疼！"跳蚤商如是说。

发表于一九九〇年十一月

青 苔 巷

在郊野散步，常常沾到蜘蛛网。行路迟迟之中，忽然手脸被缚，细丝无色，只好凑着阳光把身体扭成拈花格，有时一并揪出悬网的小蚊尸、蒲公英絮，或无名残花。韧一点的丝，还会在无意中让别人发现，从发绺里牵出来，才算了结心事。有了戒心，倒能遇网而止，渐渐看懂蜘蛛网的卦图。每一丝一缕看来互不相涉，从不捕攫同一只飞蝇，不粘同一片花瓣，却终于逃不过同一幅卦旨。如果，人生的巷弄似蜘蛛网的丝路，正在行吟的故事，与蚊蝇花絮，又有什么差别？说来有点宿命，这幽微的感悟毕竟是踏疼许多条巷子之后才敢点头的。当然，有人会辩称，人还是可能选择自己的巷弄门牌，营造不同的故事。我想，初生的蜘蛛一定也憧憬过，将来要结出独一无二的美图，吐了丝，才知道循了前人的网络；年轻的孩子旁听里巷歌哭，跟着拊掌蹈足，又焉能料到听的都是他未来的唱词？

所以，我的巷子总在讴歌的锣鼓与痛哭的唢呐之间铺路，这也是后来才听明白的。

稻巷

像小水蛇，那条碎石子路悠游地穿过稻原，尾巴钻入百年竹丛抖出宽广的稻埕及三两户农舍，头的部分打了个饱嗝又咬住另一条较宽的石路，肥肥地往河岸伸腰跥足，变成另一条蛇，另一片风景了。

隔着一畦稻浪，从后壁窗户可以看到路上的景致。年纪小挨不着窗，搬把凳子蹦上去，两只脚从铁条缝伸出来，骑得稳稳的。看清楚了，竹叶帚咿呀咿呀扫着半爿天空，老树掉了新果子，打着铝盆"咚"一声，鸡鸭拢过来，啄没几句，散了。邻厝媳妇歪着一盆脏衣衫走来，三言两语把一粒芭乐啃了，籽瘤赏给鸭子去斗嘴。媳妇蹲在井边打肥皂水，一面用手指头抠牙槽里的芭乐籽，七彩泡泡浮来浮去，灭了好几个。伊的背一起一伏，像小狗追小猫，偏头瞪我："看啥？"

"没。"老衣服是邻居公公的，小围兜是媳妇的娃儿的。刷了一件，又问："看心酸的啊！"

也说"没"。邻居公公穿上小围兜一定很好笑，说给媳妇听，媳妇一个鼻孔哼一个鼻孔哈。

麻雀藏在竹叶里摆荡。路上人来人往都是乡亲父老。走着的、踩车的、挑担的、驶铁牛的、背奶娃儿上镇的、随大狼狗一路吠回家的。看到喜欢的就放话："三——婶！三婶来我家坐啊！"被叫的寻声找人，只瞧见洗衣媳妇，媳妇挺腰对喊一阵："阿嫂吃饱没？吃饱了，有闲来厝里坐啊！不是我，是伊在叫你啦！"泼一派水过来，淋到鸭背，油亮亮地凝成七彩珠子，鸭屁股一颠，珠子都碎了。

"嘿！三婶的三婶，叫六婶对不对？"

"三婶婆啦。"

"三婶婆有绑脚没？"

"有啦。现此时，免绑了！"

"啥？"

"去唐山穿绣花鞋。咳！讲给你懂，胡子会打结！"

"啥？"

媳妇又没长胡子。伊洗毕，挺一盆麻纠纠的衣衫走过来，顺手搔了窗台外的小脚丫，咯咯咯走了。麻雀潜入稻田，水井空了。原来人生的风景就是这样，一点点风吹草动，三两句似懂非懂的交谈。

春日花花，早粥与萝卜干的气味弥弥漫漫。垫着凳子挨在窗口扒粥，猪圈里小猪仔的咂嘴声会烫耳朵的。女人们围住一口井，搓衣、洗碗、拣菜，井水浪浪的。忽然，起了一阵吹箫打锣的风，夹着女人的小歌谣，莫不是大清早娶亲哩！蹬上窗口，要看明白结彩大红轿，还有熨斗烫过的新郎官。

鼓点零落，扔石头打狗似的，一伍黑衣老头朝天空吹唢呐，曲调凉飕飕的，井边女人都噤声了。戴麻男女引一队白盖头女眷、白巾男丁，咿咿呜呜哭得崩天裂地。一行男女老幼白衣人，蛇行于路，像纷霏的雪，将绿平原给冻了。描花寿棺里不知闷谁？壮汉们抬得支腰叉腿的，沿路有人撒冥纸，纸片翻飞，打个滚像麻雀一样潜入稻田里。远了，看不见了，曲谣哭调凝成一根白色的羽毛，在春天的绿波涛、蓝天空里浮来浮去。

路上人来人往，挑担的、踩车的、下田的、贩菜的，都是乡亲父老，隔着稻田，与女人们对喊。

"嘿！一碗粥端到天黑啊？囡仔人看啥？"井边女人骂我。

粥凉了，生出一摊水，蚂蚁不知什么时候聚过来吮筷子根。剩粥倒入猪槽，猪仔打了个哼。踱到井边，隔一步遥，丢碗入池，水咽了一声，把碗吃下去，吐出一层浮油。

五月粽吃过了，粽叶还未腐哩，一口空棺沿着水蛇腰身扛进邻居媳妇的家。这回怕犯冲，躲在前窗口偷觑，村里的男人穿梭于稻埕上搭葬寮，抽烟、嚼槟榔，偶尔啗一碗冰镇仙草祛热。邻居公公的灵堂安妥了，那张笑眯眯的脸像在数算有几个壮汉今日来家小坐，男人们伐竹打钉，吆三喝四不改田间戏谑之语；邻居公公最会削竹皮编六角青篾扇，常常吆三喝四把好奇的鸡仔扇走，闹得晒谷场上咯咯咯的。大太阳底下，那张忘了戴斗笠的笑眯眯的脸冒着汗烟快闲不住了，像要钻出相框好歹找点轻活儿做做。可是，嫁在远乡的女儿一路号啕回门，邻居公公纠着眉关在相框里，让女儿捶胸顿足、用破锣嗓喊她笑眯眯的阿爸。总之啊，粽叶还未腐哩，可是爬满了蚂蚁。

仲秋快到的那几天，绿豆馅、花豆沙眼睁睁要涨价了。前厅后壁的窗子不知什么时候变小了，伸胳膊也打得下窗沿上的黑蜥蜴。稻子刈了，剩下一片褐原，麻雀不知藏哪儿去？一口大花棺摇摇荡荡在河岸路头出现的时候，恰好是秋天的正午。几个麻衣男女擦眼泪甩鼻涕，走在前头迎棺，心里还在想开棺的时候会不会飞出一千只一万只麻雀，把蒸腾的秋阳给遮了，水蛇路已经把空棺送进家里。

花巷

搬进那座占地约两百坪[1]的山腰别墅，老实说，贪它三百元月租的便宜。庭院大约百坪，菊花圃、玫瑰园，一条青石铺成的小径，两旁桂花树正在下雨。穿过五六棵柚子树大浓荫，再听十来步森森的湘竹林，躲了九重葛火焰似的乱藤，总算找到正门。三层楼欧式建筑，钢琴、雕像、皮沙发、酒吧，

---

1 相当于661.14平方米。（编者注）

卸下两袋书一捆行李,想找杯水喝,绕了几趟,看到厨房。灌了水才有点儿怕,这栋尘封别墅、烟锁庭院,算来算去,只住我一个人。

别墅主人搬到市中心做生意,明说了,添个人气免得房子朽得快。异乡学生啥都没得靠,只能靠胆量;再说,高中女生谁不想找个清静处念书,离学校还算近。虽然没有左邻右舍,正好息交绝游,秋天到了,还可以白白吃五六棵大柚树的柚子。

头皮开始发麻,是晚上的事,院子里路灯全破,室内几盏恍惚,院墙极低,只要没断腿的一蹬就过了。落地玻璃窗无法落锁,想必主人是雅士,前前后后看不到铁窗。玻璃破了几块,溜风潲雨随便,当然,这是台风季节捣的鬼。搬还是不搬?搬,没处去了;不搬,拿自己的小命当赌本。最后决定住下来,大不了小命一条,那年纪算术不好,不知道小命一条值多少。

最后为了克服恐惧,百般诱惑一位好友共住,她拎个小行李来了,天未黑透,拎个小行李回家。第二天,大家都知道我住在黑漆漆的鬼屋里。几个学画的同窗,基于好奇也搬进来,一个多月后又纷纷搬回家,理由是,半夜听到有人梳头,院子里常常传来散步声。

送走她们的那天傍晚,庭院又空了。我沿着桂花小巷慢慢散步,一阵桂雨铺在苔滑的小径上,玫瑰香淡淡地漫游空中，几瓣殷红落花随风恣意飞坠，何尝在意人来人去？才渐渐感悟，在荒烟蔓草的寂地，另一番贴心的凄美，如果生命本来就是孤独之旅，何必与人说破？绾心之人携手同行，也只能送到巷口，落锁之后，天雨路滑的小巷弄，都是自己的曲折心肠。板石径上的红瓣玫瑰，随手也就捡了，揣在上衣口袋，湿成一片花渍。

从此晨坐静读，与季节同等脉动。虽然终日无话，对于花树消息却能心领神会。有时独坐庭阶，满眼尽是绿的光彩，看似不动，又瞬息生灭，好不容易把绿波看成静止图画，忽然一阵花香袭来，眼前心内世界一起粉碎，觉得自己不过是庭院里一片会走路的叶子而已。偶尔得空，持帚扫径、修除蔓草，也是茹素心情。经年枯叶拢成一堆新冢，想找空地焚烧时，才发现许多果树正在成熟，黄枇杷、青橘子、绿木瓜，甘蜜的世界必须不断等待与追寻才能品尝的吧！在丛竹背后焚叶，奔泻的山涧犹似一指拨千弦，原来就在院墙外。一面眼观火焰吞噬枯叶，一面耳闻涧音，十六岁的懵懂仿佛付之一炬，有一些轻微的感动在心底萌生，关于火的粉身碎骨与水之清白身世能否成为一介生命的操守，关于唉毕繁华肉身之后，能否回归到坚实的果核。

庭院日夜使我变成沉默的人。青春少年总喜欢追逐声色，雄辩滔滔只为了分辨短暂的真伪，我与她们无话可说。动用目光与唇舌所测量到的世界，不比闭目噤声感受的多。也许，孤独才能使人洗尽铅华,把轻薄的风景一眼看穿,安安静静回到自己的内心。

离开别墅是一年后的事,临行把那条无花亦香的小巷卷了,铺开是路,夜来当枕。我到哪里挂单不重要,跋涉得再远,终会回到荒烟蔓草的寂地,记得清、记不清的故事都悬在巷口,任其荣枯生灭。孤独的味道就像一颗太早摘下的青皮柚,一刀剖了,慢慢剥食,甜或酸涩,忽然吃不出来。

青苔巷

第一次叩斑驳的朱门,不知道门内也有一条小巷。开门的人说:"长了青苔,小心滑。"听来一语成谶。回头再看一眼,这巷小得像没写全的省略号。

人之相逢是必然或偶然?若是必然,自会有一条磐石巷紧紧绾着双方;若是偶然,这巷子便是借来的,打从第一步就得撑伞躲着雷雨,提防苔径滑人。就算晴朗了,太阳把小巷拧得干干的,这好日子拨给鸟迹芒絮,不让人走。第二回敲门,苔又长了一寸,仿佛要淹人的脚踝。

巷虽短,点了苔,走起来惊心。同行的人不理不睬还好,最怕伸手来扶,那份狼狈就收不住了。身上的雨余残絮都不敢当面拂,除了抱怨天气,还忍心说什么?"下回我把苔刮了,你好走些。"其实,不要刮反而好看,以后想起来,多了点绿。

擅画山水的人，牵了远山近水，又勾松枝梅蕊，还要顿几座虬石、三两游人，从来不明说春冬或昼夜，只在石隙岩缝点苔，时间就来了。人世上还有什么新风景，结发绾袖的故事，人不同而已。要是有人想把满腹情涛画在纸上，第一就不能选厚亮的纸，情好比朝露夕烟，只能渲染不能落实。杏黄、翠绿，或者下过雨后的黛青，都是上选颜色，可也比不上浓墨的惊涛骇浪，淡墨的一淌流水。小小一幅宣纸叠在衣袋，让墨渗入心肉，一辈子也洗不掉。

借来的巷子总归要还的，也就还了吧。只要有相逢的诚意，还肯相搀一段路，苔滑也不真的恼人了。下回叩门不知在何处？如果开门的还是同一个人，有些话就不妨说了，其实长点绿苔也是美的，我随着青苔巷漫不经心地走，打老远看见有人在招手。

发表于一九八八年五月

鹿 回 头

0

有一个地方，风吹动草野。怀孕的野蕨已经产下孢子，风带着孢子婴儿去旅行。有的落在摘菜妇的发髻上，有的沾在燕子的黑大衣，有的滑入小河流嬉水。河，像一千个吹笛的流浪汉，伴随下了学的小童欢歌。当调皮的孩童把书包顶在黄皮帽上，拎着两只鞋涉河，孢子婴儿会不会从笛孔弹出来，咬住孩童的衣角，终于又回到野蕨妈妈的泥土上？

1

春分的薄暮，我坐在客厅，欣赏你寄来的纸黏土捏画。信封上，你谨慎地写着"阿米姐姐亲自看"，又附字条，希望将它挂在常常看得到的地方。我挂在客厅电源总开关的凹洞里，开始逆溯你的诡计。你捏的两个好朋友，三角扁脸、凸眼歪鼻的那个显然是我，笑得圆嘟嘟的帅小子当然是你。我不难想象，从你买了纸黏土，构思人像开始，那朵诡计的花苞就惹得你浑身发痒，连睡觉也会无缘无故窃笑。刚刚的电话中，我故作愤怒："请给我合理的解释！"你像一只满胀的气球禁不住针挑，迸破所有的欢乐，那样清晰的笑声，仿佛你正贴着我耳朵打鼓。"因为……咯咯咯……因为，黏土咯咯咯不够……"我知道这种说辞也是你诡计的一部分，却愿意一路与你争辩，激扬你内心的秘密欢乐。我学着画中人的歪鼻歪脸讲话，你的狐狸尾巴露了。"不对啦，鼻子往左歪，嘴巴往右歪才对啦！"

暮色里，微光浮游于我寂寥的内心。两个好朋友在画框内牵着手，仿佛天真的岁月永远不会被时间漂走。我们仍然是两个小朋友，学一千个吹笛流浪汉的唇形吹口哨，你的声音是十一岁的短笛，我已到沙哑的三十箫。

通常是晚上，有时正在等泡面发软，有时更惨，握着湿淋淋的头发冲出来接电话。"诱拐的'拐'怎么写？"省去所有提问词，你总是非常肯定话线的另一头是我，仿佛瀑布发声，深渊必会响应。"左边提手旁，右边给它加上另外的'另'，另外一只手就是'拐'嘛！"你嘻嘻然的童音及从小呼吸道不良的沉浊呼吸声总是清楚。"先去擤鼻涕，快！"

接着听到搁电话的"哐"声,及十一岁小男孩努力用面纸对付鼻腔内的怪物的声音。你的电话除了询问生字、习题,又夹叙漫无天际的膝盖破皮刚贴上创可贴及如何独力拼凑一千片超级战舰,待你的母亲喝止,终于挂了电话,我的泡面像一碗肥蛆,头发也不知什么原因干了。

我有幸目睹你出生时那头濡湿的黑发与小猴似的红脸。当时替你感到绝望,这么丑的小娃,虽然是看时辰剖腹的,显然不是达官贵人相。后来,你的母亲拿我花了两三天,普查帝王将相、诗人雅士名录所拟的几个名字,算命仙选中一个略作修饰以对得起昂贵的命名费,并大力推荐此名出类拔萃,将来是人中之龙。我也很快习惯在襁抱你的时候,想象你是一条幼龙而不是爱哭的猴崽。

按照年龄,我生得起你,尤其正当繁花灿烂的大学年代,多少带点母性的浪漫冲动,这使我襁抱你的姿态像个老练的未婚妈妈。按照辈分,我只是同辈的表姐。这简直令我难堪,表姐与表弟,如果不是共抢一支麦芽糖而哭闹,就是常常穿错对方的鞋,回了家才发现的一种关系。我以右手的大拇指发誓,我从不把陪你蹲坐小鸭马桶,唱童谣叫出你的小黑屎的画面,归入"表姐"的词意里。

0

虽然二十多年后,我才明白当时的孤寂之感乃因为夏日雷雨停歇,混杂在空气中的野姜花味与稻秧的薄香不断充满胸臆而引起一个小女孩初次的爱恋,当恋情比滚雷还响亮,却无法张口吐出闪电时,不得不在午后灰蒙蒙的雨空中,孤单起来。

我坐在屋顶上。自从学会以矫健的身手攀着水井、竹丛与鸡舍的对应位置而爬上屋顶,我像是皇帝的独生女,偷偷坐在龙座,提早认领我的天下。无限延伸的稻原,除了点缀几间田寮、一棵孤独的大榕树,我第一次被翠绿的魔毯震慑,想张开双臂用力将它掀起,到底什么样的土地养出这种蛊惑的绿,及在阡陌间默默辛勤的我的乡亲!"土地",我已经学会这两个字的笔画,却不明白除了中文练习簿上的成绩,它与我的身世有什么关联?雷雨过后,仍有大块黑云游走,金黄的太阳挣扎着,使云边镶了金丝线,绿色的毛毯忽明忽暗。我生怕当我以全部的音量念出"土地"二字时,会有一万头惊慌的梅花鹿从口中奔蹄而出,飞越绿毯、黑云与唯一的骄阳。有一种孤寂使我噤声,而当我看到自己的母亲系着花巾斗笠织入绿毯,却不知道她的女儿正在屋顶上高高地看着这一切时,泪,忽然落下。

虽然二十多年后,我才明白孤寂总是伴随着爱。而且,当时不止的泪可能受了银雪般的野姜花流域，突然飞出一只白鹭鸶的影响。

2

有两种情感在我内心交错，难免在观看你成长的过程里逾越了姐姐的身份。

在你三岁左右，我与你共度一个寒假。你的父母各自上班，偌大的白昼变成我们的秘密王国。有一天，你玩腻了积木，吵着要我陪你戏耍。我正沉溺于一本精彩的小说，恨不得把你变成一张可爱的婴儿海报贴在墙壁。你的哭声毫不讲理，我把你抱上沙发，不准动，自个儿跑进房间猛跳猛蹦，出来牵你的小手贴在胸口："有没有小鹿鹿在跑？跑得很快对不对？你的小鹿鹿有没有在跑？"这招管用了，你穿着厚外套当然摸不到心跳，我加强语气："惨喽！不得了喽！怎么办哦！你的小鹿鹿不跑了！"然后像一个仁慈的神仙姐姐叫你在屋内小跑步以挽救那头小鹿。终于可以回到小说情节，不时叮咛你："继续跑哦！不然，小鹿鹿死掉我不管哦！"

当然，也有失灵的时候，譬如你心血来潮，哭着找妈妈。我以为用最浅白的话解释妈妈出差必须天黑才回来，应该不超过三岁小孩的智力。你涎着鼻涕的哭相把我惹火了——

你的哭，等于推翻我自以为欢愉的秘密王国。"好吧！换衣服去找妈妈。不过，姐姐要煮晚饭不能带你去，这样吧，我请邮差叔叔送你去好不好？"你一脸泪痕，孤苦无依地任我为你换衣穿袜。我有点舍不得，益发想要留住你，谎话只好往下编了："托邮差叔叔送，那要寄包裹喽！好，先称一下你有几公斤，现在，写住址……"我故意走来走去，翻箱倒箧以拖延时间，你亦步亦趋像颗可怜的小蛋。"住址写好了，现在贴邮票，嗯，贴在额头上，这样邮差叔叔才知道你是包裹！"你渐渐对过程产生好奇，不闹了，乖乖让我在你的额上点浆糊、贴邮票。我用巴掌拍你的额："很好，贴紧了，现在寄包裹，你还要找妈妈吗？""要！"我牵你的小手出门，偷瞄你额上那一元邮票很想大笑，可我必须尊重三岁小孩寻母的决心，强作镇定，当作一件很伟大的出征，但适度地称赞家里水果软糖的Q与热可可牛奶的"滋味"。"你看，邮筒在那里。"我向你解释红绿四个洞口的功能及里面可能有点黑。你还是选"限时专送"洞，我抱你往洞口塞："噫！塞不进去！惨喽，再一次，还是不行，你太胖了啦！"你伸出小胖手小胖脚很努力地往洞口塞，却开始咯咯地笑。我逼真的演技使你忘记寻母的伟大目标而变成一出街头短剧的男主角。最后，你欣然同意，此刻的我们非常需要一杯热可可牛奶，你毫不反抗，让我背着你这个小胖包裹回家。

我愿意就这么背着你去找那个绮丽的世界——原以为进入成人社会，那扇以花瓣编织的小门已经永远消失。如今因着你，我沾了你身上的芒光，又感到它在空中浮现。当你颠颠倒倒地走路时，我仿佛看到你背后那双翅膀在空中扇动，使跟在后面的我赶紧回头，看看自己的背后是否抽了翅？当你躺在床上，抱着那条棕花毛毯——你一定要摸它才能入睡，要求一首童谣或故事时，我知道你将乘坐魔毯去绮丽世界嬉游，我柔和的女声只是送行的风，却无法请求你带我去。所以，夜间的故事是我一遍又一遍的口信，偷偷系在你的鞋带：

"在遥远、遥远的地方，有一个奇异的世界。一群白羽毛的鸽子长在树枝上，它们高兴时，树就飞来飞去，有时跑到屋子旁边，有时落在河水上。草原上的百合花都是爱讲话的小喇叭：天气好，它们吹小喇叭；天气不好，更要吹。那里的人们，都用河水缝成衣服穿在身上，如果是夏天涨潮时裁的布，穿起来就比较胖；冬天剪的布，就瘦巴巴的了。不过，不管胖瘦，他们的口袋常常跑出一条鱼，有时一大群，鱼妈妈正好生了小鱼宝宝。那里的太阳像个大红蛋，每天下午从天空掉下来，滚到草丛里睡觉，第二天再弹上去。有一天，太阳不小心掉到河里，它不会游泳，忽然，河变成一条冒烟的汤圆河。百合花看到了，惊慌地吹喇叭。小孩们都高高兴兴地趴在河岸，用汤匙舀小小的红汤圆吃，眼看就要吃光了。

有一个好心肠的小男孩想：'如果，大家把汤圆吃光，明天就没有太阳了！'他吐出一颗小汤圆，不敢吃，其他的小孩吃撑了肚子，躺在草原上喘息，睡成一条弯弯曲曲的小河流，他们口袋里的鱼在上面游来游去，一直打饱嗝。

"半夜，小男孩捧着最后一颗红汤圆去找鸽子树：'请你们载我到天上，我得把太阳送回去啊！'第一只鸽子叫醒第二只，第二只叫醒第三只。终于所有的鸽子都醒了，刮起一阵雪白的风，悄悄地载着小男孩与瘦巴巴的太阳飞上天，虚弱的太阳根本站不住，男孩只好拉扯天上那匹黑绸布，替它拢个托座，没想到抓破绸布，弄出稀稀疏疏的星空与月洞。他还抽了自己衣服的水线，把太阳紧紧地缝在天上。

"第二天，太阳出来了，不再是一颗大红蛋，而是舞动着千千万万条金线的黄金盘。没有人知道半夜的故事，只有小男孩知道，他得到河边，再做一件衣服了。"

"阿米姐姐……"

"嗯？"

"阿米姐姐，我要吃汤圆……"

0

远行的鸽子在黄昏时飞回屋脊。山林里逃猎的小鹿也会频频回头，难舍受伤的母鹿吧！

我被送到楼厦丛立的都市,以躲避每年仲夏的大水。他们把我装扮成都市小孩,除了黝黑的皮肤泄漏村庄的秘密,他们教我新的腔调以便在客人面前对答而不露痕迹。

我拥有一桶金鸡饼干及漂亮的花洋装。可是,每到黄昏,想念祖母的八脚眠床及蚊帐内的小蚊子。水井边的大桑树快要变成紫色了,我想用金鸡饼干的铁桶装紫汁桑椹,满满地吃。我的口水在枕边留下唾渍,梦中的桑椹却摘不下来。

他们托人送我回乡,谁也不喜欢哭泣的小孩。妈妈撑着破黑伞,牵我走在雨村的小路上。她提着我的鞋,我们赤裸的脚牵起水脉,一大一小。"唉!又要做大水,稻完了!"我看到白色的汪洋淹到稻腰,细蒙蒙的稻花一定化了水。不要送我到回不了家的地方,稻子遭了水淹,根还在原地上。

3

我希望慢慢告诉你,买来的玩具永远是死的,那是大人们借以赎罪的祭品。只有脑子里的原创活力,才是使一切变得神奇的魔粉。我愿意在我分内的小孩尚未到来之时,把通往神奇世界的道路指给你,但当我们有机会比邻而居,你已进入明星幼儿园,安了私家轿车接送的箬头。你快速抽长的身体像一粒华盛顿苹果贴了质量保证的围兜标签。我忽然惊醒,不能再提小鹿奔跑、邮寄包裹及鸽子树的往事,怕被你斥为可笑的谎言。

你的童年只剩下ABC及黄昏的无敌铁金刚，为了防止绑架小孩的恶棍，你连上小公园骑越野车都必须有人陪。唯一不变的，那条棕花毛毯仍是你睡前的最爱，你不准任何人碰触它，但冬天的晚上，若我陪你观赏卡通录像带，你会慷慨地借我遮一下冰冷的脚丫。

某一个夏天，我到你家串门，你母亲外出购物，央我照顾你以防止大白天的恶贼——自从你家遭了夜偷，还留下白晃晃的刀子在床上，你的母亲再也不准屋内无人。我们吃冰凉的红肉西瓜，方格的白瓷地砖很像棋盘，那时你已会下五子棋，我提议用嘴巴下棋。各捧一碗西瓜对坐客厅两端，算好格数，猜拳，拈一块西瓜吃，咽肉后留下瓜子，朝对方的格子喷射，以侵占的格数、子数比输赢。你完全进入游戏规则，笑得人仰马翻，尤其当我因不准确的嘴形把瓜子喷在眼镜上时，你乐得猛捶地板，像一头发狂的小兽。你享受游戏的快乐，我享受你的快乐。忽然，你的妈妈回来，皱眉大叫："干什么？黏答答的！吃西瓜这样吃的啊！小孩不懂，你也不懂啊！"

我知道该走了，回到姐姐的分内向挨骂的你道歉，也向你面前摆设的教育流水席告别。一切都结束了，只剩下一条不会飞的毛毯。你将永远留在富裕之家享有独生子的呵护与孤单，那一串千方百计弄来的明星学校与儿童才艺班等着喂养你。当你在某个才艺班的课堂打瞌睡，梦见西瓜棋而发出笑鼾时，你会明白快乐的重量；可你永远不明白，那天出了你家的门，一颗小眼泪的重量。

我喜欢摸你的耳朵，揉来揉去，像玩两球棉花，不可置信竟有如此柔软的"哦了朵"——你儿时的发音。"过来，'哦了朵'借我玩一下！"你也非常高兴拥有一对奇妙的软耳。我数度播迁，离你远了，有一天，你摇电话说："阿米姐姐，我告诉你，我们全班我的'哦了朵'最软！"我幻想在下课十分钟，四五十个小学生互捏耳朵的可爱场面，忍不住发噱："好，现在代我问候你的'哦了朵'，各摸一下，再摸一下，又摸一下，多摸几下！"

我们的电话渐渐以课业为主，尤其数学。你有不错的绘画天分，我曾保留你四年多的草图。那颗比月亮还大的星子，你说因为它正在掉下来；街口的红绿灯，你换成苹果、番石榴、橘子。苹果出来时，一堆人去吃番石榴。他们吃苹果时，换我们啃番石榴，吃错的人会被"毒死"！可是你说，你的爸爸讲，如果你长大当一个画画的，他会一脚把你踢死、粘在墙壁掉不下来。你只在课余画图了，但受了卡通节目影响，专画超人、铁金刚大战恶魔王。你也知道，保持班上前三名比替无敌铁金刚着色重要。

"阿米姐姐……"你的声音哽咽着，仿佛刚遭受一顿责打。

"欸欸欸，你掉眼泪，我这儿会淹大水哦！"

"妈妈说我耳朵聋了，上课没听老师的话，才会写错……"

好，把那个可恶的题目报上来！

"有两个表，甲表每天快一又五分之四秒，乙表每天慢三又五分之一秒，请问两表相差多少分？"

我解释了两遍，你在电话那头一声不发，我仿佛看到你绞着眉头对那串数字发昏，数学已使你恐惧，再也没有比恐惧更恐惧的了。

"这样好了，我们把这题忘掉，我出一个题目，听好：甲乙两表，甲快五分钟，乙慢五分钟，假设现在标准时间是十二点，你先画出三个表的时间。"

"画好了，甲表是十二点五分，乙表是十一点五十五分。"

"差几分？"

"十分。"

"怎么来的？"

"相加！"

你用同样的方式对付原题，却回答我："我得出五，可是'解答'是十二分之一……"

"看清楚，问的是分还是秒？"

"分，哈哈哈！把五秒变成分就对了！"

我多么愿意在真分数、假分数吓坏你之前，告诉你数学的目的在训练你的思考过程、解析能力，你可以把习题当作亚森罗苹侦探故事，用小脑袋去抽丝剥茧而掀开谜底，不是偷看解答去倒推演算方式。只有源于丰富想象与清晰的理性思考的原创力才能检验别人提供的解答。我们因追求真理而壮大，不是变成华服的侏儒，舔食解答。

0

我要离开绿色小村庄，去广袤的世界寻找属于我的锄头。金黄的稻浪在夏日对我挥手，我把村庄的名字刻在小鹿的额头，挂着身世的护身符走了。

阡陌是我的血脉，井水的清澈就是眸子的颜色。野姜花与红砖瓦，这回不带了。我的身上只有平原赏赐的，成熟稻谷的肤色。

4

两年后，当你小学毕业，你会变成一个小留学生。你的父母已在美国投资置产，也迫切盯紧你的英文班。毕竟，把人中之龙留在贪婪的黑岛，意味着为人父母的不负责任。每年暑假，你的妈妈带你畅游美国，提早适应你未来的国度。你在电话中已能使用流利的问候语，欢唱十个印第安小男孩的童谣。

有一个世界，你不会来做客了。虽然，鸽子树倒于邋遢城市，健壮小鹿逃到别人的国度；可是你要相信，你的阿米姐姐永远看顾自己的绿毯子及两个好朋友的纸黏土。孤寂总是伴随着爱，也壮大了爱。

我仍然期望有一天，当你在异地的雪夜，拥着棕花毛毯入睡，忽然梦见秘密的小鹿而惊醒时，请你在小鹿额头贴一张邮票，当作航空包裹寄给我。

只有鹿回头的时候，我的鸽子树才会飞。

发表于一九九〇年九月

梦游书

雨夜點燈,坐在窗前聞院子飄來的梔子花。花香真像鬼影,把燈光咬黑。

撿到一截木塊。

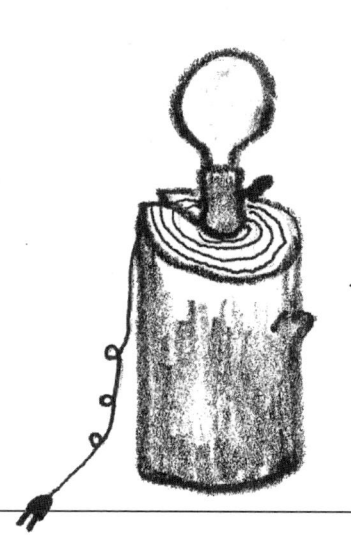

有一天,不想寫稿,不想種花,

不想讀書,就去做木工。

弄了一盞燈,放在窗口的小桌上。

图 腾

与其说那间怪异的小屋引起我的恐慌,不如说在生命底层压制过久的深沉恐惧使它变成活生生的图腾攫住了我。

那时,我刚迁入高地住宅,学习与整栋龙蛇混杂的人们分享被小孩溺熏了的电梯,学习沿地拼凑被肢解的信函,清扫阳台上不知谁家丢弃的小鸟尸首。我并不以为忤,那儿的人以城市居民无法理解的肢体语言攻讦现代水泥丛林,互相用蛮荒部族对付猛兽的方式对付亲爱的邻居。我常常坐在小公园里读他们的脸,读出一朵朵蚊蝇缭绕的沼泽莲。

就在桥头小庙旁,铁皮屋内,有一名老头蹲在地上用电钻镂字,一片片待镂的大理石碑切割整齐地排列着,冷言冷语。我知道小庙香火鼎盛,游手好闲的人在乌沉香味里争辩数字、祈求发财。而那间铸墓碑的小屋永远以无所谓的微笑等待买主。"秾艳的莲花沼泽里猛兽困斗",我想高地上吮吸奶嘴随地便溺的孩童、扶杆呕吐的醉汉、抛弃鸟尸的少年、夫妇争吵后闭门自焚的疯子丈夫，以及我——游离在城市与荒野之间一名不可救药的悲观者，都将一一被点名，排队从老头手中领取分内的石碑，安插成山头的四季芒。

搬离高地已一年，我仍旧游离于城市寻找短暂的欢乐且在欢乐的高崖看到蜘蛛与春蚕在身上盘丝。梦里，小屋常常出现，那排冰冷的石碑已铸上金字安静地等候着。我知道，在我生命底层的恶魔已向我露出獠牙。

发表于一九八九年八月

破灭与完成

存在乃无驾驶无意义的单程列车,春夏秋冬,日居月诸,不断重复,无动于衷。去春欢愉,今春悲戚,是乘客的事。

车厢里帝王将相,贩夫走卒,跟存在本体无关,是乘客在特定时空遇合后捏造出来的特定名目。对这批可计数的乘客而言,就是他们的有限"人生"——相对于无数回合的"人生",他们的仅是某一回合的某一环。从这个角度定位个人生命,幻灭已经着床了。

我们的人生只在某节车厢繁衍。座位虽有软硬之分,窗台有高低之别,驿程风景一样。走了一个皇帝,那座椅马上被另一个皇帝登基,下了个引车卖浆,来了副剃头担子。座位不动,涂涂改改是姓名。每人手上有一张车票,注明起站与终站,起站名称人人识得,终程空栏只盖了个印"静候通知"——列车本无始终,有始有终是乘客。

由于初旅,无人知晓自己的终站在哪里。既然上了贼车,一时三刻还不用下车，干脆跟同车厢的伙伴耳鬓厮磨起来：谈几场涕泗纵横的恋爱，做几笔尔虞我诈的买卖，唱几首肝胆相照的酒歌，偶尔也面红耳赤隔座对骂……时间的刻度不受任何影响地移走，无众生因，无悲喜果；车厢的乘客却在每一寸刻度制造不同的内心风景。无情笑有情。

除了个人小悲喜，同一车厢的这批乘客也必须分担整体任务：考证本车厢每张座椅上的臀印、记录过去人生的是史家，供应五谷杂粮的是农渔牧，搞教育的教刚上车的乘客认字学规矩，凡有其他车厢恶客企图掠夺本车厢粮草、座位的，动员捍卫战士前去殴斗。那节名叫日本车厢的乘客霸过咱们的座位挺久的，不过，在元朝那个时间刻度，咱们也到别的车厢建帝国。

一切存在，又归于不存在，哪一个叹息最沉重？每名乘客无所逃遁于旅程终极之谜、族群总体命运、个我生命目的。三度风景同时交织不断缠缚，愈活愈听到未曾谋面的神在空中拍掌窃笑，仿佛说：你们当中抬头仰望天空的，去告诉埋头苦干的伙伴吧！我让你们活着，乃为了取乐。

不能说破。只能冷静地寻找"意义"，降伏密闭车厢里那颗骚乱、痛苦的心。给自己活下去的理由，抵抗已窃听到的天机。

时间面无表情地送旧迎新。诞生，不足喜；死，不必惋惜。这岸敲喜庆的锣，彼岸诵亡魂经，听到只是听到；那些被通知已到终站的人难割难舍的挣扎、终程未到却提早跳车者的诀别手势，看到只是看到。情，还是有的，温热地泼出去，但有时变成冷箭流回来，射穿自己的心。

提早下车者，统称"自杀"，有的被破灭命中红心而厌弃旅行，有的执行自己的意义到此为止。死亡，没什么好说的，人人躺成一摊冷肉，哀荣备至的厚葬或路边冻骨，都是活人的事，跟死者无关。若有人预期自己的葬礼又以死使葬礼成真，那是以虚妄取代虚妄。譬如悲剧作者企图写一部独步古今的作品，又写不出，干脆把自己逼疯，以为完成悲剧了，其实是可笑的闹剧。因为悲剧作品亘古长存，而以自身为悲剧的作者，很快变成冷肉。

采取自绝行动的，有境界之分：因幻灭而亡，是懦夫，因完成而殉，是勇者；一卑微，一高贵。作家悬梁与村妇饮鸩，面目不同，本质一样，只是作家在本车厢享有盛名，容易引起乘客注目而已。如果，饮鸩的村妇因完成而自绝，作家因破灭而悬梁，则我丝毫不认为作家之死比村妇高贵。作家只不过在整体车厢的社会职能上担任写景一职而已，终究是一名乘客，毫无特权可言。撰写人性风景、论述美思的同时，也必须为自己的旅程找到"意义"。

"意义"是一种绝对理智的擘画，为了向存在宣战，去确定为什么而活？怎么活？活到何种程度就够了？能留下什么战果与其他乘客分享？找不到意义的人，一生只是一则文笔不通顺的笑话。找到意义的，如同死过又复活，精确地把自己带到已预设的战场去，时间未到，结局已心里有数，遂能在活着的岁月，面带微笑，无悔无憾地实践意义的内容。虽然破灭故事的碎片不断在血管流窜，尽人的礼数淌一回泪够了，破灭无法倒戈生命意义。虽然黝黑的隧道令人目盲，仍看得到黑暗里像灯一般闪烁的花盏。活在已抉择的意义内，享有强韧的幸福，千军万马踏蹄，江月何曾皱眉。

当终站来临，可以痛快下车；或自觉人生一趟，仁至义尽了，不想往下看风景，求死得死，也是壮丽的完成。

发表于一九九一年元月

半 夜 听 经

我们对生命的迷恋来自对它的信任，一切浪漫的追寻与旖旎情事在这条可信的曲径上，发出了光。信任是一副珍贵药方，使我们在恶雨的气候仍然憧憬尚未检验的明日太阳，陷溺于沼泽，也不至于有害病的额头。

而我们对生命的不信引发了幻灭，一切意义在不可托付的湖泊里化成泡影。不信也是一种天赋，针对热带曲径也有无法预测的冷。

我的生命观逍遥于曲径与湖泊之间，水落石出。回观千奇百怪的十丈红尘，因曾裸游于湖泊而接受了曲径的风景。人的挣扎的内心，使风景变得魔幻瑰丽。我习惯预先原谅众人认为不可原谅的一切，这使我走在着魔的雨林被虫子蜇伤也不会昏厥倒地。没有什么不可原宥的，生命短促，如一回午睡。

光阴流逝着，我忘却名姓与肉体，也放弃使用繁复的技法在壳上雕刻纹饰。只剩下纯粹的意念：为创作活着。我愿意在所剩不多的时间里躲入静寂的黑夜，听美神为我讲经。我知道若有半丝心旌摇荡，他将离弃我而去，丢下世间荣耀，让我可怜地数算。白日的嘉年华已不能占领我的耳朵，掌声不及一个字的高音。

　　回到肉体顶着自己的姓名走路，我愿意不断学习祝福与布施。我们的人身因着众人的守护（灾厄是更大的疼爱）而茁壮，必须粉身碎骨报答。虽然繁花曲径的终点是幻灭之湖，可我愿意坚强，在湖畔种三两棵绿树，感谢湖泊储蓄清冽的雪水，让我听到自己的生命可以发出坠石的一声。

发表于一九九〇年六月

梦 游 书

有人活着,为了考古上辈子的一个梦;有人不断在梦簿记下流水账。我都算,却常常从现实游走出去,虽然很努力找一块恋情的双面胶粘了双脚,发现连脚下的土地也跟着游走了。

所以,已在现实扎营的你,不要怀着多余的歉疚鼓励我找新布告栏,还想叫人用图钉把我钉牢——在你的布告栏已贴满,又无法撕去旧海报的困窘下。让现实的归现实,梦游归梦游。生命不只存在单一世界,梦游者不读现实宪法。

我必须写下一些东西给你,若你忽然想见我,手边有一叠梦游指南。

1. 衔文字结巢

文字是我的瘾,梦游者天堂。它篡改现实,甚至脱离现实管辖。只有在文字书写里,我如涸鱼回到海洋,系网之鸟飞返森林。你一定明白，作为人本身就是一种囚禁，复杂的人世乃复杂的防盗系统。涉世愈深，经验的悲欢故事如一道道锁，加强了囚禁。宗教是古老的开锁行业，但长期幽禁使人产生惯性，渴求自由又不信任自由，就算撬开脚镣，仍以禁锢的姿势走路，镣铐已成为他的安全感。人转而对死亡怀抱浪漫幻想，以"终极解脱"之名安慰生者与逝者。死亡是被迫解脱的，与初始被迫囚禁同理，毫无光彩可言。与其期待最后释放不如设法从现世牢房逃狱，文字就是我的自由，我的化身魔术，用来储藏冰砖与烈焰的行宫。文字即叛变。

现实里时间与空间对我们不够友善。每回谋面，如湍流上两艘急舟，忽然船身相近，又翻涛而去，终于只看到壮阔河面上的小闪光，舟中人的喊声也被波澜没收了。不需要跟谁上诉这种冤，众神也有他们不能逾越的法律，我早已缺乏兴趣翻案。如果，厮守意味能在现世共掌银灯相看，我宁愿重下定义：厮守即超越，在不可能的岩岗上种出艳美花园；在无声无影的现实，犹能灵魂牵手，异地同心。

不给我秩序，我去创一套秩序；不给我天，我去劈一个天。生命用来称帝，不是当奴隶。

你在无计可施时，常有缥缈的喟叹："上辈子一定是你遗弃我，才有今生等我之苦！"

上辈子已在孟婆汤碗中遗忘了，恩怨不都一笔勾销吗？若依宿业之说，你我各自偿债还愿之后才道途相遇，可见不是今生最迫切的账。我甚至认为相逢时已成定局最好；稍早，我未从现实律则挣脱，就算你我结庐，难保不会误执性格之剑，一路葬送。我们都已沧海桑田过，磨尽性格内的劣质，正是渴求恒常宁静、布施善美的时刻。

如果要遥想前世，宁愿说我们曾是荒野上并肩征战的道义交，分食战粮、同过生死的。山头某夜，秋空的星点寥落，野风幽冥，你在我怀中垂危，说："亲兄弟，无法跟了，但愿下辈子再见一面，好多话还没说……"我答应过你，不管多难，一定见面。你看着黑夜中的我，逐渐闭目；我怀抱你，不断复述我们的约定，直到秋晨，亲手埋了你。

今生在初秋相逢，纯属意外。当时互通姓名握手，你的脸上布着惊愕，手劲分外沉重。我依照往例远远走避扰攘人群，独自闲逛，那是一次尽人事的旅行，人到心未到。你喊了我，我不认为除了虚应客套还能与你谈什么内心风景，一向坚持萍水有萍水的礼数。然而，那是多么怪异的一席话！我们如旧识，单刀直入触及对方的心底，借古老的悲剧人物暴露自己的性格伏流，交浅言深了。秋宴散场，我本以为一声道别，各自参商；次日，又鬼使神差见了十分钟的面。回想这些，深切感到在即将分飞的危急时刻有一股冥力撮合我们。如果，我依原定计划缺席不做这趟嚼蜡之旅，你找得到我吗？如果次日，我早半分钟出门赴宴，那通临时托人代他去向你做礼貌性辞行的电话便接不到了，我也不会在槭荫之路寻思：送什么最适合即将远行的人呢？一辆发财车停下，小贩搬出几箱水果正要摆摊，遂自作主张选几个当季水果，送你"当下"的滋味吧！这些来得自然简单，一日夜间相识相别也合情合理，我很快转身了。直到你的信如柔软的绳索，辗转套住一匹已扬蹄的野马。那时，我正在悬崖。

回或不回？依往例，不回。你的信躺在案头，看了又收，收了重看。字句中那股诚恳渗透了我，甚至推敲，你一定揉掉数种叙述方式才出现这般流露，一信等于数信。不需要什么理由了，以诚恳回答诚恳。

"不管多难，一定见面？"忽闻空中诺！

你隶属的现实世界于我全然陌生，我的草根风情你不曾经验。鱼雁往返中有一种熟稔被唤醒，仿佛这人早已论交，曾在大漠狂沙中同步策马，饮过同一条怒江，于折兵断卒的征墟上，向苍茫四野喊过对方的名字……那么，早殇的你如今回来了，依旧男儿气概；晚逝的我住进尴尬女身，我们还能兄弟相称吗？

记得第三次见面已是次年，不约而同为对方备礼，又不约而同送了一枚绿印石，当时为这种"印证"而心惊。仲春的风雨山楼，人迹罕至，远处隐约鸡鸣，你我一壶茶对坐，沉默胜过言语。时光中，漫长的流浪与幻灭，都被击窗的雨点说破。是的，说破了一匹骏马蹄躅于荒烟乱冢，墓中人魂未灭，战袍已朽的滋味；将军飘零，看宝剑被村童执来驱鸡赶鸭的滋味。今生又如何？看人去楼空，一砖一瓦犹回响旧人呓语；看灿烂情关，引路人忽然化为毒蟒噬来，抽刀自断一臂，沿血路而逃……败将无话可说。沉默里，明白自己是谁，眼中人是谁。兄弟结义也好，今之知己也罢，我们只不过借现实面目发挥，实则而言，你是男身的我，我是女貌的你，情感呼应，性格同源。

这样的遇合绝非赊债结账之类，苦，无从寄生。今世所为何来，说穿了不过是一趟有恩报恩、有愿还愿、有仇化仇之旅。现实给予多少本分，倾力做出分量极限；不愿偏执残缺而自误，亦不想因人性原欲而磨难他人。任何人不欠我半分，我不负任何人一毫，只有心甘情愿的责任，见义而为的成全。

我们唯一遗憾是无法聚膝，然而这也不算，灵魂遥远才叫人饮憾。现实若圆满无缺，人的光华无从显现。现实的缺口不是用来灭绝人，它给出一个机会，看看人能攀越多高，奔赴多远，坚韧多久？它试探着，能否从兽的野性挣脱为人，从人的禁锢蜕变出来，接近了神。

是的，我遇到最好的你，得了最好的机会，衔文字结巢，与你同眠。

比大地辽阔的是海，比海洋广袤的是天，比苍穹无限的是想象，使想象壮丽的是灵。

我们的草舍不在人间，钥匙藏在文字里。当你撕开封口，有一道浮雕拱门引你进入，看见数张如织花魔毡的信笺上，我来了，喊你：跟你同桌雄辩人事；躲入书斋推敲文章的肌肤，忽然嗅得一股桂花味的寂静，转身对你说了；时而剥理一截关于你的怪梦；或只是感冒，寄几声咳嗽给你；无人的黄昏，陪我漫步，在深山古刹迷路，却撞见一树出墙杏，红得无邪；或肃穆地在茶烟袅袅中对话生命奥秘，引据过往沧桑，印证以贞静的清白通过尘渊，终究完成尊贵的今生。

使灵魂不坠的是爱，使爱发出烈焰的是冰雪人格。

多年来，捧读你的信札仍然动心。我走进你寄来的雕门，尾随你看见那株怒放的木兰树；暮春园径，有一道紫雾在脚下飘浮，我嗅到落英体香了；你仍以旧步伐走入繁重的白昼，为人作嫁衣裳，衣成，看见你的头发多一寸雪意；你说，转身问某个字怎么写，忽而惊觉我不在身边；深夜不寐，行至院落，中天月色姣好，不知身在何处？你说，会不会逃不过宿命的飘零，人面桃花成空？

我藏在你的衬衫口袋，如同你已编入我束发的缎带里。我们分头担负现实责任，不能喊苦，亦不愿图谋一己之乐而扬弃良知——人格裂痕的爱，毫无庄严可言。我们明白对方要典藏的是什么，故萌生比以往更坚强的力量服现实劳役。你我一生不能只用来求全彼此私情，我们之所以互相珍贵，除了爱的真诚，亦涵摄能否以同等真诚克尽现实责任，实践为人的道义。若缺乏这份奇侠精神，毫无现实底基的交往必定溃散，不过是诸多缘灭之一，就算生命允许以百千万个面目在百千万次轮回中重来，我也不想再见你一面。缘之深义，归之于人；缘起，暗喻一种未了，去存续遥远前的一愿，或偿清不可细数的积欠。若能善了，虽福分薄，缘罄却未灭，生离恻恻，死别吞声，都能以愿许未来愿，平心静气等待另一度缘起。若缘聚时，我扬善而他人以恶相向，问心无愧后随缘灭去，一了百了。

你我身上各有数桩轻重缓急的缘法，彼此不能取代。若你倾恋我而背离其他，你仍不义；若我执着你而扬弃其他，我亦不义。爱的愿力，使我们变成行义的人，以真诚涵摄了现实的人。则不足为奇的恋爱，因容纳而与恒河等长，生命因欢心受苦而与须弥同高。你所完成的尊贵将照射我，我也拿得出同质尊贵荣耀你。两情既已相悦，人以国士待我，我以国士报之。

我们学习做出这样子的人。而后在所剩无多的时光，回到空中相会。如我们约定，将来谁先走，把庞大的信札交给对方保管，允诺不流入任何人眼底。我又不免遐想，有那么一天，当我们已知死亡将攫走其中一人，还能有最后一夜，把书信都带来，去找一处宁静的湖泊，偕坐，你把我寄你的信递给我，你当我；我用你的信回你，我换作你。读罢一封，毁一封，说尽你我半生，合成一场。不悲不喜地互道珍重，祝福生之末旅、逝者远途，一路顺风。

如果，连这一天也没，最后离开的，记得放火。

发表于一九九一年二月
二〇二一年修

掌 灯 刻 骨
——记洪范版《梦游书》

"结束与开始,同样需要力量。"

旅行的最后一夜,在巴黎东南郊一家小旅馆里,我掀开窗帘看着零摄氏度的夜,冷雾封锁这栋老旧旅店,每扇窗内住着哪些旅客、哪些故事无从追索。只有宁静的子夜知道一切秘密,也洞悉明日即将飞返亚热带的不眠人正掀着帘子凝视未来,像迷路儿童凝视水中倒影想要搜寻答案。

无缘由地,我想起《逝者》末段,James Joyce(詹姆斯·乔伊斯)写着:"当他听到雪悄悄地飘过整个世界,又如同落入它们的最后归处般,轻轻地拂着生者,也拂着逝者时,他便逐渐睡去。"

我们也会这样睡去吗?那些经验过的悲欢故事真能随手挂在窗外,交给雪去掩埋,还是刻在自己的骨头上,辗辗转转,刺痛了睡眠。

我放下窗帘，该是整理行李的时候了。

"大雁书店"只存在五年，昙花一现，它的存在局部见证了二十世纪八十年代末至九十年代的今天，纯文学书籍的夕阳时期——虽然有人更进一步称之为"一抹残霞"，但我依然抗拒接受这种指称。谁也没有资格判定文学的生死，我们只需具备更大的雅量接受在每一种形态的社会土壤里，文学的意涵被重新诠释、拓展过去所没有或不成形的版图，我们从中选择自己的定义，并以作品忠诚地宣扬这种定义而无悔。每一本书都有它存在的价值，每一家出版社不论规模大小、年资深浅也有其不可抹灭的意义。从这个角度看，大雁在五年间出版十二本书，与近四万名陌生读者交流，固然就出书量、销售量而言是沧海一粟，但不能说是一件毫无意义的事。我愿意整体收藏这一段经验并视之为生命中的盛事，它包含了我对创业伙伴们以及曾经参与的朋友的敬意，也涵盖了对提供作品的作家们与支持的读者们的谢意。

一家出版社掩门，会有另一家在都会某处吹奏开张的锣鼓，我渐渐能够宽心地看待这个社会，聆听喧哗也收纳微音，然后相信怀抱某种追求与坚持的人固然不可避免地变成少数族群，前仆后继，但是不会消灭。

文学，也是如此吧！在商战社会的冲击下，创作者或另辟天地，或换笔转型，或歇笔蛰伏，让人有萧瑟之秋的印象，而我依然执拗地乐观着，并且相信我的同伴们正在酝酿更大规模的出征，为一个厚重型的时代秣马厉兵。

《梦游书》一九九一年由大雁出版，雁飞人散后，改由洪范重印。叶步荣先生是我敬佩的造城者，洪范看着很多作家从腼腆新秀到发光发热而自成一家风格，社会翻了好几翻，洪范还是洪范。蜕变与坚持，同样需要力量。

除了部分篇章作小幅度增订，洪范版《梦游书》仍然保留其原貌。然而，灯下重阅，不免萌生世事云消雾散之感，不独当时记录的都会边界、老街风情已改头换面，笔下保留的寻常人物或迁徙或辞世，逝水滔滔，浮浮沉沉的都是人舍不得放下的世间。

舍不得放，也就从雪地里把那一挂悲欢捡回来，掌灯刻在自己的骨头上，变成不可磨灭的甲骨文，辗转反侧的时候，记起那一股疼。

发表于一九九三岁末，于台北

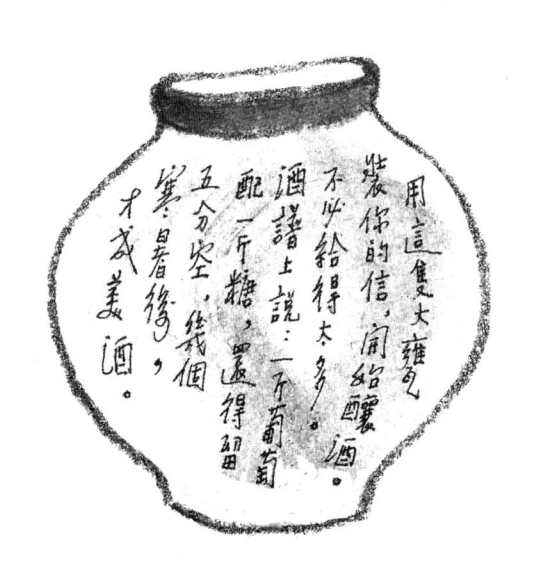

用這隻大甕兒裝你的信，開始釀酒。不必給得太多。酒譜上說：一斤葡萄配一斤糖，還得細塞暑幾個寒個月，才成美酒。

九四年洪範版，兩版本內容大致相同，後者取代前者。

此次因電子版推出之故，有機會再修訂，除去冗雜枝葉，求一個清爽透亮。所謂平靜的幸福，大約就是指能夠作主，把過去收拾乾淨吧！

至於其他，大概都跟作者無關了。

2021年
3月20日
書此

二〇二一年自修小記

能夠平靜地回顧前塵，是一種幸福。

《夢遊書》收錄一九八八至一九九一年間作品，那是我生命中充斥最多失敗經驗的黃金時期，陽光不曾普照，雨勢一局滂沱。深刻的生命經驗在文字裡剝去粗皮纖維，留下懷、氣息與感悟，以「夢遊」指稱之，於今重閱，也是貼切的。「世界在你掌中，你去誰掌上？」我依然記得三十年前為這書寫序時的第一句話，驚心動魄。

《夢遊書》出現過兩個版本：一九九一年大雁版、一九